願在春日花下死

さいぎょう

西行 ──【著】

陳黎、張芬齡 ──【譯】

目錄

3

譯序
「在路上」的櫻花歌人

陳黎、張芬齡

一

　　西行（Saigyo，1118-1190）是日本平安時代末期至鎌倉時代初期的武士、僧侶、歌人，被視為是《萬葉集》「歌聖」柿本人麻呂（約660-約710）後最偉大的和歌作者，和柿本人麻呂以及「俳聖」松尾芭蕉（1644-1694）並列為日本人最喜愛的三位詩人──或者更簡單地用日本和歌史權威久保田淳博士的話說──「西行和芭蕉，是自古至今最受歡迎的兩位日本古典詩人」。

　　俗名佐藤義清的西行，家族是紀伊國那賀郡（今和歌山縣）領有廣大莊園的佐藤一族，是代代任武官的豪傑之門。父親是左衛門尉佐藤康清，母親是監物源清經的女兒──清經據說即是《梁塵秘抄口傳集》與《蹴鞠口傳集》中出現的「清經」這位精通「今樣」（新樣式歌謠）與「蹴鞠」（踢球遊戲）的風雅人物。年少時，西行效力於強有力的德大寺家，成為德大寺實能（原名藤原實能、鳥羽天皇中宮、「待賢門院」藤原璋子之兄）與其子公能的侍從，德大寺家和歌氛圍濃厚，西行深受其影響，據傳西行又擅長「流鏑馬」（騎射運動），因此可說是一位文武兼備、極富魅力的全才。十八歲時捐資而得「兵衛尉」一職，後仕於鳥羽院，為鳥羽上皇（退

5

位後之鳥羽天皇）的「北面武士」。二十三歲那年（1140）10月15日，突捨官、拋妻（他應已結婚且有兩三個孩子）出家。藤原賴長在其漢文日記《台記》1142年3月15日那條中記述：「抑西行者，本兵衛尉義清也，以重代勇士仕法皇，自俗時入心於佛道，家富年若，心無欲，遂以遁世，人歎美之也。」出家前，西行寫了一首詩向鳥羽上皇呈報其出家之願：「捨不得的／人世，真讓人／不捨嗎？／唯捨此身離世，／方能救此身！」（本書第318首）。崇德上皇敕撰、1151年編成的《詞花和歌集》中，以「無名氏」之名（是西行武士階位太低，僧人、詩人聲名不足，故無名乎？）選入了一首西行出家前夕寫的詩：「棄世之人／生機真／見棄乎？／不棄之人，／方自絕自棄！」（第312首）。

西行出家原因後世有各種揣測。有謂因見好友佐藤憲康猝逝而感人世無常，有謂因戀慕高貴女性未有回報內心傷悲，有謂因對時局、對宮廷鬥爭之憂慮（譬如憂心藤原璋子之子、崇德天皇〔1123-1142在位〕的政治困境），也有謂因他情繫自然，一心求佛、求生命自在超脫之抉擇。若是愛情之故，論者推斷，那讓他飽嘗失戀之痛的女子極可能是長他十七歲的待賢門院璋子。詩僧西行一生所寫戀歌甚多，底下這樣的詩說不定就是為待賢門院而作的——「分別後／你的面影／難忘——／每回對月，／猶見你的姿韻……」（第96首）；「如今我明白了，／當她誓言將／長相憶時，／不過是委婉地說／會將我淡忘……」（第100首）；「這讓人憎厭的／人世／不值得活的——／惟你在其中／我願苟活」（第190首）。

出家後，西行在鞍馬、嵯峨、東山等京都周邊地區結庵，法名圓位，後稱西行。大約於1147年（三十歲）春天開始其第一次奧州（日本本州東北地區）之旅，訪各處歌枕，尋前輩歌人藤原實方（?-999）、能因（988-1050後）足跡，於十月抵祖先出身地平泉，翌年三月繞至出羽國。1148年春，西行「往陸奧國平泉，在束稻山見滿山櫻花盛開，幾乎無其他雜樹，美極壯極」（以上是西行為歌作寫的前書！）……驚歎之餘詠出一首短歌，讓原本無籍籍之名的束稻山從此成為千古名勝！「啊，未曾聽過的／束稻山，滿山／入眼皆櫻花，／吉野之外／竟有斯景！」（第212首）。底下這首西行追悼以陸奧守身份客死任地的藤原實方的詩，前書更長：「在陸奧國時，在野地中看到一似乎有別於尋常的荒塚，我問人這是誰之墓，答曰『中將之墓』，我續問中將是誰，對方回答『是實方朝臣』。我聞之甚悲。在未知實情前，眼前所見這一片因霜凍而枯萎、模糊的芒草，已讓我悲愴異常。後來，我幾乎找不到合適的語詞來表達我的感受」──「唯有其名／不朽，仍被／記住──／他的遺物是／枯野芒草」（第120首）。以踵繼西行為志的芭蕉，1689年奧州之旅中，也曾打聽實方之塚何在，因五月雨，路況惡，僅吟俳句一首遠眺而過。他也來到平泉，登高館小山，憑弔被同為「源平合戰」（1180-1185）英雄的兄長源賴朝嫉恨，1189年在此遭襲自盡的源義經及其家臣們。在《奧之細道》「平泉」一章，芭蕉以前書似的散文加俳句詠歎此事：「……噫，擇忠義之臣困守此城中，一時功名終化為草叢。國破山河在，城春草青青。鋪笠而坐，時移淚落」──「夏草：／戰士們／夢

7

之遺跡……」（草や兵どもが夢の跡）──功成（？）骨枯（！）中艸岫蟈……──詩境與西行詠實方遺跡歌頗有相通處。

　　西行是日本文學史上的重要人物，他歌作的一個獨到處是它們常常迸生自（或取材自）眼前、直接的經驗，與身在宮廷的傳統貴族歌人大有所別。因為出家、四處遊吟，他得以接觸各階層民眾，活潑自己的思想、行止，將山水之美、自然之魂融入其詩歌與修行中，對後來者──譬如寫《方丈記》的歌人鴨長明（1155?-1216），寫《徒然草》的歌僧吉田兼好（1283?-1352?），四百年後的連歌詩僧宗祇（1421-1502），五百年後的俳聖芭蕉，六百年後的歌僧良寬（1757-1831）等啟發很大。歌僧能因也曾兩度行腳奧州，但西行更引發注目、更讓人興效法之心。在他之後，很多男女都學他出家，追求更大的自由、更多旅行與創作詩歌的契機。

　　第一次奧州之旅歸來後，西行皈依「真言宗」，於1149年（三十二歲）結庵於開山祖為弘法大師空海（774-835）的真言宗聖地高野山（位於今和歌山縣），爾後三十年以此處為基點，時而避居吉野山（他可能在那裡有一兩草庵：「去年留在吉野山／櫻樹下／落花間的那顆／心，正等著我／春到快快回呢」〔第214首〕），時而回到京城或到其他地方遊歷、修行。他曾到吉野大峰山進行「山伏」（為得神驗之法，入山苦行修練者）的修行，在大峰山深仙，他對月詠出此歌：「若不曾見此／深山／清澄明月，／此生記憶／將一片空白」（第166首）。

　　西行大約於1167年、五十歲那年（一說1168年）10月開始其「四國・中國地區之旅」（「四國」指四國島及其周邊小

島,「中國」指本州最西部地區)。他先往讚岐國（今四國島香川縣）參拜白峰御陵——崇德上皇的陵墓。1156年日本發生內戰「保元之亂」，對陣雙方為後白河天皇（與其支持者）以及崇德上皇（與其支持者），結果崇德上皇敗陣、出家，後被流放至讚岐國，1164年抑鬱、怨恨而逝，埋骨於此。西行寫了一首詩寬慰崇德上皇的「怨」靈，為其鎮魂——「就算昔日／高居京城金殿／玉座，上皇啊，／死了後／這一切又如何？」（第193首）。此詩流傳頗廣，先後再現於12世紀以降《撰集抄》、《古事談》、《東關紀行》、《保元物語》、《西行物語繪卷》、《沙石集》、《源平盛衰紀》、《雨月物語》等書，以及能劇《松山天狗》中。

西行四國之行另一目的是參詣位於弘法大師出生地（今香川縣善通寺市）的善通寺。他在此處山中結庵過冬，詠了一首「放眼眾雪白，頭上獨小綠」的白妙、曼妙短歌：「雪降時／唯松下仍／坐擁綠空——／放眼望去，山路／一片純白」（第197首）。在弘法大師曾住過的此山上，月明之夜遠眺清朗瀨戶內海，他寫了一首想像力華美的奇詩——將皎潔、冷澈月光下平靜但並未結凍的海面，比作是結了一層冰，又神來一筆把海上諸小島點描成冰上的暗裂縫：「從無一絲暗影的／此山遠眺：被月光／照亮的海面冷澈／如冰，海中幾座島／是冰上的縫隙」（第194首）。西行誠然是一位比喻的大師，但若非身臨其境、直面自然，豈能創化出此等絕妙詩境。

此行詩作中，有多首生動描繪了他從「中國地區」備前國（今岡山縣東南部）兒島附近，渡海往讚岐國時看到的漁民和商人生活情景，也讓我們看到了更多面向、更深刻的一

個詩藝日益圓熟的西行:「從真鍋島／要到鹽飽島,／商人們划槳渡／罪海,販賣／價值可期的海產」(第201首);「漁人們／急急忙忙／進出蠑螺棲居的／海峽岩穴,／撈捕蠑螺!」(第202首);「漁人們的小孩／走下去到／海灘,從撿／輕罪的螺開始／逐步學習罪」(日文「螺」與「罪」音皆tsumi,第200首)。

近山濱海、行腳各地時,西行看到的不只是風景之美或奇,他也注意到那些平民、勞動者以及他們的生計,他對他們的生活感興趣,也抱持同情心。他先前奧州之旅的詩作,經他組編於詩集《山家集》裡後,有些詩連在一起看,就像是旅行日誌／詩誌,而在四國之旅這些漁家詩裡,他依然不時在詩前加上前書,有時甚長,更讓這些作品讀起來像芭蕉《奧之細道》這類「俳文」(俳句加散文的)遊記。西行底下這首寫漁人們在海濱準備捕糠蝦的歌作,就是長長的前書加詩:「當我要往備前國『兒島』此島時,看到在一個地方人們在捕糠蝦,每個人各就其位,手持一根上頭有袋子的長竿。第一個舉竿捕釣者,稱之為『初竿』,由筆直站立於最中央的一位年長者擔任之。當我聽到他們說將釣竿『立起』這話時,我眼淚掉了下來,我無言以對,寫了這首詩」——「啊,第一個／在海邊舉起竿／捕釣糠蝦者,／其罪,誠／眾罪中之最也!」(第199首)。立起、舉起,日文為「立つる」(tatsuru),也是向神佛「立誓」時所發之詞——神的福佑與殺生之罪同時起跑,難怪西行聞之落淚。

1172年,他參加了辭太政大臣職出家,但仍實權在握的平清盛——他昔日「北面武士」同僚——主辦的「千僧供養」

（供食邀千僧進行法會）活動。1177年，他參與了高野山蓮花乘院的移建事務，幫忙募款、擘劃。可以看見他已是一受敬重、具聲望的僧侶。

1180年，「源平合戰」──源氏、平氏兩大武士集團間持續六年的戰爭──開始。六十三歲的西行離開長期生活的高野山，移居伊勢，結庵於二見浦山中。在伊勢期間，可能與伊勢神宮的神官有所交往並教其寫作和歌。

1186年，六十九歲的西行為籌措東大寺重建經費，開始其生平第二次奧州之旅。途中在鎌倉拜訪了「源平合戰」的勝利者源賴朝，一夜談話至天明。源賴朝頗以能詩自負，據說他向西行請教了和歌與騎射之術，西行幾乎沒談和歌，但分享了自己「流鏑馬」術的心得。抵平泉後，西行成功地向與他有遠親關係的「陸奧守」藤原秀衡募得了作為經費的砂金。此次奧州之行，西行為我們留下了至少兩首可稱為其一生代表作的名詩──「年邁之身／幾曾夢想能／再行此山路？／誠我命也，／越佐夜中山」（第309首）；「富士山的煙／隨風消失／於空中：一如／我的心思，上下／四方，不知所終……」（第307首）。

第一首為出發往關東，再越「佐夜中山」（在今靜岡縣西部，曩昔為從京都入關東的大險處）時之作。老邁的西行在行路尤難的昔日冒險旅行，定抱著必死之心。芭蕉1676年夏過佐夜中山時，也接續西行主題，寫下了「命也──僅餘／斗笠下／一小塊蔭涼」此首俳句。第二首短歌為於關東途中所詠，此首歌頌「空」之作是晚年西行自在、自信的自我寫照。

11

西行一生創作的和歌（短歌）大約有2300首，《山家集》是他主要的歌集，收有1550多首歌作，成書時間不明，論者認為可能在他生命最後十年的某一時候。論者亦指出，此書前面的1240首詩西行在1170年（53歲）之際可能已自己選編成集，可視為《山家集》原型，後面的300多首詩則是西行或別人後來增補的。西行聽聞老友、當時歌壇重鎮藤原俊成正著手編撰一本歌集，乃將原型本《山家集》歌作寄送給俊成參考（俊成後於1188年編成敕撰集《千載和歌集》，中以「圓位法師」之名收西行歌作18首）。《山家集》中歌作的構成（以「陽明文庫本」所收1552首而言）大致如下：一、前面711首詩由春歌（173首）、夏歌（80首）、秋歌（237首）、冬歌（87首）、戀歌（134首）五部分組成。二、第712至1449首（共741首詩）為「雜歌」，包含贈答、述懷、羈旅以及無題等種種性質之歌，有意思的是其中第1241至1350首是題為「戀百十首」的110首戀歌。三、第1453至1552首（共100首詩）為「百首」，包含花十首、郭公十首、月十首、雪十首、戀十首、述懷十首、無常十首、神祇十首、釋教十首、雜十首等十組連作，共100首詩。

有兩本西行歌集抄本在二十世紀上半葉——1929年時——被發現，擴大了吾人閱讀西行歌作的眼界。此二書即是收歌作263首的《聞書集》以及收歌作36首的《聞書殘集》，其中歌作，除《聞書殘集》中的一首外，皆未見於《山家集》中，推斷應為《山家集》之後西行歌作的續集。這兩本小家集可能在西行死前幾年或死後被抄寫成集。《聞書集》開頭有一行字「聞きつけむに從ひて書くべし」（我書我所聞）解釋

書名，書中包含了多組非常引人注目之作，譬如由34首詩構成的「法華經廿八品歌」，以及融口語、俗語，幽默、溫暖、感人的一組「戲歌」——這些「戲歌」是西行第二次奧州之旅回到京都後，1187、1188年（七十、七十一歲）左右，結庵於嵯峨時所作。西行以孩子們的遊戲與一個老僧的童年回想此二題旨，交匯成像德國作曲家舒曼（1810-1856）鋼琴組曲《兒時情景》（*Kinderszenen*）般由13首詩構成的連作：「髫髮的孩子們／嘻嘻哈哈／吹響著的麥笛聲，／把我從夏日／午睡中喚醒」（第250首）；「我今老矣／唯拐杖是賴，／且當它是竹馬——／重回兒時／遊戲的記憶」（第251首）；「我希望能成為／昔日玩捉迷藏的／小孩——蜷臥於／草庵一角／和世界捉迷藏」（第252首）。

《聞書集》中更驚人的是由27首詩構成的一組「觀地獄繪」連作及多首寫戰爭、寫死亡的反戰、諷戰之詩。這些詩創作於「源平合戰」期間，西行由所見「地獄圖」諸場景聯想及動盪的亂世，由動盪的亂世又興當權、爭權者不仁，亂啟爭戰，讓人間變成地獄之歎。這些「黑色之詩」完全衝破了傳統和歌美學的框架，顛覆了主流文學品味判定者的鼻、舌，卻深刻、懾人、動人，此時的「歌聖」西行，就像是以詩寫史的「詩聖」杜甫。且看幾幅「地獄圖」：

> 手上長出如劍的／鐵爪，銳利／迅捷地伸向對方，／悲淒地撕裂開／彼此的身體……（第263首）
>
> 死出山旁是／以罪人為材木的／伐木場——斧頭刀劍／鋸解、割裂他們的身體：／一段一段又一段……（第

265首）

舌頭被拔掉的／最獨特的痛苦／在於，悲矣——／你無
法說出遭／此酷刑的感受（第267首）

從前一見就／心喜的劍，在這裡／變成了劍樹的樹
枝——／一個個身軀爬在上頭／被有鐵蒺藜的鞭子鞭
笞（第262首）

西行一度也是「見劍心喜」之人，《聞書集》裡他有一首
「戲歌」這樣寫：「玩具細竹弓／在手，張開弦瞄準／麻雀：
雖然只是個男童／已渴望額戴黑漆帽／像武士一樣」（第253
首）——昔日的幼童佐藤義清若知刀劍與戰爭殘酷本質，還
會想當「北面武士」嗎？從「保元之亂」到「源平合戰」，西
行深知亂世之痛、戰爭之惡，底下兩首《聞書集》中之作，
詩與前書合而讀之，真是驚心動魄，既虐且謔：「天下武者紛
紛起，東西南北，無一處無戰爭，戰死者人數之多聞之驚
恐，難以置信。究為何事爭戰？思之令人悲」——「翻越死
出山／行列／無間斷，亡者／接亡者／人數持續漲」（第271
首）；「武士們蜂擁而至，翻越死出山（冥途中所必經之山），
山賊聞之喪膽，不敢出沒，這樣一來世間就安全無虞了。宇
治的軍隊聽說是憑藉『馬筏』什麼的過河的，令人深思
啊」——「太多死人／沉入，死出山川／水流滿漲，連／馬
筏這活肉木筏／也潰散、無法渡！」（第272首）。人生遍歷
的晚年西行，詩藝也隨之圓熟飽滿，他要以詩歌醒世、救
世，就像他在先前另一首歌中所說：「末世紛亂，／唯有歌道
／不變！」（第317首）。

晚年的西行，另有一對作品非常迷人而特別──《御裳濯河歌合》和《宮河歌合》。日文「歌合」意指賽詩會，是將歌人們分成左右兩方，輪流詠歌，請人評判的文學遊戲。另有一種「自歌合」，則是將自己所作的和歌分為左右兩組，自己和自己比賽，左右互搏。1187年，奧州之旅回來後，西行在忘年之交、小他三十七歲的歌僧慈圓協助下，編集成了《御裳濯河歌合》和《宮河歌合》這兩部「自歌合」（西行可能在1180至1186年居留於伊勢期間即已進行編選之事）──每部從自己多年來所作之歌中挑出七十二首、配成三十六對。西行請大他四歲的藤原俊成評判前一部歌合，請俊成之子、小西行四十四歲的藤原定家評判後一部。俊成在1187年當年寫妥此歌合之判詞，而藤原定家直至1189年才完成判詞。西行將這兩部作品分別獻給伊勢神宮的內宮和外宮。此二歌合堪稱傑作，是現存最古老的「自歌合」，或亦可視為個性獨特的西行對主流歌壇「歌合」習俗的戲仿與反動。

　　西行一定非常欣賞定家的詩歌天賦，才會指定年方二十六歲的他擔任評判。定家可能受寵若驚，頗有壓力，以致兩年多後才交稿。此年（1189）8月，七十二歲的西行移居河內（今大阪府東部）弘川寺，臥病的他在讀了定家的判詞後，心中大喜，寫了一封書簡〈贈定家卿文〉給定家，肯定定家用詩歌評論的新詞彙評他的歌，西行說「這真是一件有意思之事……下次見面時，當一一與你討論這些事，聽取你意見」。這場期待中的老少兩和歌巨匠的世紀（再）會可能一直未有機會履踐，翌年（1190）2月16日，西行病逝於弘川寺。多年前他曾有一首被視為其辭世之作的短歌：「願在春日

／花下／死，／二月十五／月圓時」（願はくは花の下にて春死なむその二月の望月の頃，第20首）。日文原詩中「二月」指陰曆二月，「望月」指月圓時，「二月の望月」即陰曆二月十五日，也是佛陀釋迦牟尼入滅日。西行希望自己能在仲春圓月夜櫻花下死去，果然，佛從其願。櫻花與月應是西行一生行旅遊吟的兩大主題，在此詩中兩者圓滿地結合了，而詩人生前也早與花月，與自然融為一體，知花月之榮枯、開落、盈虧即此無常塵世恒常之真理。死後十五年（1205），後鳥羽天皇敕撰的《新古今和歌集》編竣面世，收西行歌作94首，為其中最多者。這是對西行詩歌成就的最大肯定。

西行生涯最後一首歌作，應是死前半年至琵琶湖畔延曆寺訪時年三十四歲的住持慈圓，登無動寺眺望琵琶湖時所作：「琵琶湖，晨光中／風平浪靜，放眼望去／不見划行過的船隻／之影，竟連／水波的痕跡都沒留下」（にほてるや凪ぎたる朝に見渡せば漕ぎ行く跡の浪だにもなし，第320首）。這果然是最晚年的西行輕舟浮生西行，水過無痕的澄靜的辭世之歌。

二

西行有一首和歌這麼寫：「恰互換——／春日白晝／盡看花，沒有夜；／秋日終夜看月，／沒有白晝……」（ひきかへて花見る春は夜はなく月見る秋は晝なからなん，第16首），終日／終夜看花、看月——「花見」、「月見」——詠花、詠月之歌果然是他各題材歌作中數量最多的。西行的花歌以詠櫻居首，逾250首，詠月詩則有380首左右。他曾從自編的

16

《山家集》中精選360首歌成一冊《山家心中集》——心中珍惜歌作之集——開卷便是詠花、詠月各36首，可見花、月是他的最愛。

　　與歷來歌人一樣，西行詠櫻花不只詠其燦放時，從花未開（待花）、花初開、花盛開、花凋散（落花），到花落後依依不捨⋯⋯各階段都有，或單首，或成組，繽紛多樣（以詠落花為例，就有夢中落花、風前落花、雨中落花、遠山殘花、山路落花⋯⋯等），處處顯露他對櫻花近乎依戀的情感。若說櫻花是西行的戀人，一點也不為過。我們或可將西行的櫻花詩讀成他給櫻花的情書。綴滿枝頭的櫻花帶走了他的心，花開花落都牽動著他的思緒。夢見花凋落，他醒後心神不寧；他怪罪風作風粗獷，雲、花不辨，將櫻也吹落。一到花季，他想即刻入山，痴痴凝視以表深情；花季已過，他也想上山看看無人欣賞的殘櫻，讓它不覺得寂寞。他懂得欣賞櫻花的風情萬種：隨瀑布漂下的落花具有融雪的淒美感；被風吹落山谷樹上的落花在他眼裡仿如初綻之花，被賦予重生的喜悅。櫻花盛開，他想定居山村，日日有花相伴；行腳途中，席地而眠，花樹下春風吹送給他一條「花」被子。他恨不得有佛菩薩分身術，不錯過任何一處綻放的櫻花。白天看不夠，他想徹夜看花到天明，且最好一邊賞月。他想或許這世上真有永不凋謝的櫻花而上山尋覓；尋覓未果，他願意相信落花會蛻化成新種子，年年春天永續綻放。即便出家為僧，西行仍拋捨不下對櫻花的眷戀！且看他外景、內心戲兼備，時喜、時憂、時滑稽的「花之戀連續劇」：

自從彼日見／吉野山上／櫻花綴滿枝頭，／我的心便／
離我身而去（第14首）

吉野山麓，／落花隨瀑布／漂流而下，彷彿／峰頂積雪
一片片／化為水落下（第216首）

不要只是等著，／我要即刻入山／尋花，如此／野櫻花
方知／我對它們的深情！（第239首）

啊吉野山，我將捨／去年折枝為記的／舊道，往未曾／
到過的方向／尋訪櫻花！（第273首）

我要先折／一枝初開的／櫻花，作為對／昔日與我斷情
的／那人的紀念（第305首）

如果我痴痴的凝視／不致引發議論，／有辱花名，我願
／閒呆於此村，直至／春盡，飽餐花色（第28首）

旅途中倒臥在／吉野山／櫻樹下過夜──／春風在我身
上／鋪蓋了一條櫻花被……（第36首）

山櫻啊，如果／對你都一樣的話，／請在月明時／綻放
吧，我們將／通宵賞花！（第151首）

但願分成／千百身，任何／樹梢都不錯過，／看盡眾山
／盛開花！（第18首）

夢中，櫻花／紛紛被／春風吹落──／醒來後，我的／
心依然騷動……（第43首）

如果看清是花／當不會無情以對──／是誤認作雲，／
風才把櫻花／都掃落吧？（第41首）

峰頂飄落下來的／花，掉在山谷樹上／彷彿再開一次：
啊，／我不討厭／這樣的春日山風（第44首）

為了深山中／那些猶未謝落／未有人賞的櫻花，／布穀

鳥啊，我們／入山一訪吧！（第213首）

那裡也許有／永不凋的／花——我要／更深入吉野山／
一探！（第258首）

我的心疼惜／落花：我棲身／樹下，想著／來春又將／
變成新種子（第37首）

何以我／被花所染之心仍在，當／此身已決意／棄絕
愛？（第19首）

愛到深處無怨尤，知天人。這場櫻花戀也更讓他通曉生
之脆弱，美好事物之短暫，悟物我一體，榮枯有時——「此
身若非被／花色／所染——豈能生／今日之／頓悟」（第278
首）。

西行詠梅歌約有30首，在詠花之歌中居次：「來訪我吧，
／我家庭院梅花／正盛開——／久違的人啊，正是／折梅好
時機呢」（第238首）；「梅花香氣／深染／我心——但／未摘
到手，就非／真屬你所有啊」（第185首）。奈良時代編成的
《萬葉集》中，受唐風影響，詠梅之歌將近120首，詠櫻僅約
40首。《萬葉集》中，單出現「花」一字概指梅花，到了平
安時代《古今和歌集》時，形勢逆轉，「花」字就等於櫻花了。
《古今和歌集》中詠梅約20首，詠櫻則達約70首。而西行櫻
花歌數量前人所未有，為他贏得「櫻花詩人」稱號，讓賞櫻、
詠櫻成為「和風文化」的內核，被視為形塑日本人櫻花情結
的關鍵人物。

西行的詠月詩，有時是客觀的對月色、月景的描繪，但
更多時候是藉月寄託個人情感（內心的感受，對所愛的人思

念、渴望……）或以之作為自己修道過程中求索、啟迪、頓悟的象徵，或進一步將自己對月亮的愛投射入「來世」，想像自己的靈魂與月同在，心中月輪有時更大，讓他期盼明月不只照他個人來世今生，也照亮死者們冥途中必經的死出山：

團團／花雲下／眺望月，／月看來誠然／朦朧……（第25首）

深夜／月光下，聞／蛙鳴——／水邊涼兮／池中浮草浮（第276首）

弓形的／弦月，已在／視線外——但我怎能／忘記，射入我心的／她柔光之美？（第95首）

當我望月，／你的面影／清晰浮於其上——／然而我的淚，很快地／讓月蒙上一層雲……（第98首）

浮於上空之月／是輕浮、不確定的／紀念物——如果／見它而想起我／兩心當能相通（第107首）

我對我這苦惱／漸老之身，感到／厭煩——但／一年一年看月，／依然動人啊（第280首）

秋夜的月啊，／你讓我隨世間憂慮／徘徊跼躇的／這顆心／定了下來（第306首）

雲遮覆了／二上山上空的／月——但／看啊，月光已／清澄地駐留我心（第248首）

自山頂穿越／強風肆虐的樹林／蜿蜒而下的／谷間清水，如今／終得映月（第142首）

來世，／讓月光依然／閃耀於我們心中——／我們在此世／從未看飽……（第281首）

我何時會／離此世的天空／隨月而去──／啊，美哉，
　／我當讚歎月！（第206首）

但願能將／今宵明月光添加／於我身，為／行經死出山
亡者／照亮山路（第116首）

　　西行歌作的主要類型，除了（春）花、（秋）月的一類的
「四季歌」（春歌、夏歌、秋歌、冬歌）外，還包括戀歌，以
及行旅詩、山居／隱居詩等。他寫的一些夏歌，或有聲有
色，或動靜有致，相當可愛：「一隻布穀鳥／從黃鶯的／老巢
中飛出，／它的音色／比靛藍還深！」（第284首）；「黃昏雷
陣雨／停，水中蓮葉／搖晃，滾動一團／露珠──啊／月光
就在其中」（第51首）；「旅人穿行過／夏日田野，／草太茂
盛了，／唯見一頂斗笠／浮於葉尖上方」（第49首）──這
首詩的「運鏡法」頗有意思，西行先給我們一個「夏日田野」
的全景畫面，再將鏡頭拉近，特寫葉尖上方露出的一個似乎
跳動著的東西──被茂盛草叢遮蔽的行進中旅人之頭，其上
的「一頂斗笠」。他的秋歌是「四季歌」中數量最多的，他對
秋天似乎非常有感，很容易透過一個當下的畫面，瞬間觸動
我們，且常藉聽覺（或暗示聲音的視覺）意象強化氛圍──
底下第一首有題「秋日途中」，是西行被選入《新古今和歌集》
的名作：「即便看破紅塵者／也能感受／此哀愁──秋暮／澤
畔，一隻鷸鳥／突然飛起」（第77首）；「蟲鳴聲／越嘶啞，
野地／草叢越加乾枯：秋／憐惜地以清澄／月光陪伴之」（第
58首）；「即便最／無感之人，／第一陣秋風／起兮，／也不
勝唏噓……」（第298首）；「雲散天清，／山風的聲音／仍逗

21

留在松林間——／難怪月色染了／些許松綠」（第63首）。他也寫冬月、冬雨、冬雪，在「冬籠」的世界裡發覺情趣，寒寂、閉鎖中透露一種自得的詩意或幽默的暖意——「雨止天清／高嶺雲散，終／等到月出來——啊，它似乎也解人情，／初冬第一場陣雨！」（第282首）；「深冬月光／冷且澈，／在無水的／庭院中，鋪了／一層薄冰」（第82首）；「雪落紛紛，／掩埋了我折下／作為路標的柴枝——／啊，我要意外地／開始我的冬籠生活了」（第83首）；「期盼有人／來訪，又怕雪／被踏髒了——放眼／一看，雪上面是鹿的／足印，不是人的！」（第84首）。

西行的「戀歌」超過250首，我們不清楚出家、遁世的他何以寫作這麼多情詩，也許是實有其「情」，也許是藉既有的和歌用語和意象展演的虛擬的愛的故事——透過這些情詩，我們看到他心中、生活中不時浮現的煩亂、渴望與猶疑不安：

我因戀苦惱的／淚水，很快／將成為淹沒／渡三途川者的／深淵……（第101首）

心想即便我／不說，渴慕的／那人說不定會不請／自來——一年將盡／我仍躊躇未開口……（第89首）

本以為能苟活至／與伊一見，此生／已足——豈料／見後更想見，／我心悔矣……（第186首）

還有什麼事／能讓我決意遁世／出家？當初冷淡／待我的那人，如今／我欣然感激她（第191首）

我的衣袖／被簷前橘花／香氣所染，／包裹起一滴滴／

回味往事之淚（第104首）

見月，喚起／昔日我倆月下／盟約──今夜，／在故鄉
的她，是否／也淚濕衣袖？（第287首）

不知可有和我／一樣，為思念／而苦的人──我／要去
找他，／即使遠在中國！（第188首）

那夜我們在夢中／相逢相抱，啊真希望／永不要醒
來──雖然／長眠，無明長夜永眠／他們說是痛苦的
（第192首）

　　西行以「行旅詩人」──一個四處行腳、吟詠的行吟
者──最為人所知。「羈旅歌」（行旅詩）是和歌創作乃至於
敕撰和歌集裡的一個既定類別。如前所述，西行歌作的一個
特色是對自然風光的直接觀察，這使得他的「行旅詩」具有
一種特殊的即時感。許多歌人從未到過他們詩中所描述的場
域，僅憑既有的地名──「歌枕」（和歌中慣常吟詠的名勝古
蹟之名），進行詩意的聯想、紙上的神遊。有別於主流歌壇此
種喜以典雅端麗的詞藻書寫「虛」境之風，西行身臨實境，
以素樸、率直的語言歌詠眼前事物，用詞每每很有新意，經
常迸出新穎、奇特（但自然而生動）的意象或比喻。他常常
直呼事物之名，不理會既有的詩歌規範，讓我們得以欣賞到
先前被視為「不美」或「沒有詩意」的其他自然元素──譬
如底下這首詩中出現的小螺、蛤蜊、寄居蟹甚或漁民等不合
傳統和歌品味的意象：「辛勤工作完後／漁人們回家：／在一
床海藻上是／小螺，蛤蜊／寄居蟹，扁螺……」（海士人のい
そしく帰るひしき物は小螺蛤寄居虫細螺，第203首）。西行

23

的目光鮮活地掃過這些簡單然而不絢爛、不雅麗的東西,掃進庶民們的生活,賦予其情和趣,為後來的「連歌」和「俳諧」開闢了新天地,對日本詩歌的發展影響很大。「陡峭山崗上／山中樵夫自搭的／一間草庵——／作為界標的是,一棵／婷婷玉立的小柳樹」(第12首);「環顧四周,／映入眼的是／山中樵夫的住所——／顏色褪落／在冬日靜原山村」(第232首)——在後面這首詩裡西行讓我們看到,山中低層民眾不起眼的住屋褪落的顏色,冬光中似乎也閃現著一種侘寂之美。

西行一生此種「在路上」體驗自然與人生諸般情景,興而歌詠、紀遊的行吟詩人身影,對日本、對全世界後世寫作者啟發甚大。西行在其奧州之旅中詠了這首長途行腳遇柳蔭得以短暫歇腳的名作——「路邊柳蔭下／清水潺潺,小歇／片刻——／不知覺間／久佇了」(第313首),讓五百年後的芭蕉在《奧之細道》之旅中不忘探尋至其柳蔭下,寫了一首俳句「一整片稻田／他們插完秧,柳蔭下／我依依離去」,呼應西行的柳影。有趣的是,西行雖以行旅聞名,卻也寫過只憑「歌枕」、未曾到現場一訪的歌作,譬如底下這首:「潮染／紫紅色小貝／可拾之——／這大概是稱為／『色濱』之因!」(第172首)——色濱(又名「種濱」)為越前國歌枕,在敦賀灣西北部海岸,西行憑「色濱」兩字就遠距離寫出一首有海潮、有貝紅,聲色俱在的詩,但還得靠芭蕉老弟1689年8月16日那天,《奧之細道》路上,乘船前往種濱,以一首俳句幫他補打卡——「白浪碎身沙上——／啊,小小的貝殼／和萩花的碎瓣……」。

西行的山居／隱居詩數量頗多，裡面不乏他最好的一些詩作。山中何事？避世，修行，悟道，遠距離俯看浮世，靜觀自身，歸返自然，管山，管水，聽風，聽雨，渴望，斷渴望，捨離，又猶有二三絲難捨難斷之縷牽動千絲萬縷……他借景寫情，寫山居情趣，寫山居孤獨：「射入窗的／夕照方消隱，／又變生出／新的光——／啊，黃昏之月」（第170首）；「被無一絲暗影的月／照了一整夜，／打磨得晶晶亮亮／清晨稻葉上／閃閃發光的露珠……」（第148首）；「誰住在此／山村裡，／把激降的雨中／夕暮天空的淒美／據為己有？」（第299首）；「若有人問／山村是否有／情趣，／我將回答他：／請來聽鹿的鳴聲！」（第243首）；「在這個我已斷／有客來訪之念的／山村裡，如果／沒有寂寞在／會過得多難受啊！」（第138首）；「獨寢，半夜／自草蓆上／冷醒——／蟋蟀鳴聲／催我淚……」（第301首）。山居誠然孤寂，但他也從四季的迭遞、循環中，領悟、察知大自然中蘊含的生生不息的活力：「牢固於／岩縫中的冰／今晨開始融化了——／苔下的水，正接力／找出一條小通道……」（第303首）。

他為瞬間之美讚，又歎世之無常，以花，以月，以蝶，以露，以草木，以鳥獸，以四季，以大自然為師：「籬笆花叢中／親密穿梭／飛舞的蝴蝶，其生／其歡倏忽即逝／卻令人稱羨」（第153首）；「獨自一人看著／牽牛花，／驚覺——花已倏忽／短暫，花上露珠／尤倏忽短暫呢」（第207首）；「在黃鶯啼聲中／悟道／實非易事——／聞其音讓人喜／但倏忽無常矣」（第150首）；「我深知／世上月光／未能常皎潔——／因為我／不時淚眼朦朧」（第218首）；「我身死後將／永為

青苔之席／所覆，我想我早已從／岩石下方暗處／之露知此矣」（第124首）；「年月／何以為我／送行這麼久：／昨日之人／今日不在世！」（第114首）；「每回聽到／有人／死，再笨的／我也知道／世事無常……」（第229首）。他將他寄身的草庵與他的肉身合為一體，以示遺世獨立的信念，珍惜山中獨居情，又期盼同心者也來共享共構，以複數的孤獨摧毀心中自以為傲、自以為真能做到的單數的孤獨，強迫自己索居又渴望友伴到臨，渴望友伴又強迫自己忍受長期索居——啊，沒有人來，就以月、以風、以水聲為友吧：

> 何處可以／永住？啊，／無處得之——／這草庵般浮世／就是我們暫住處（第311首）

> 但願另有／和我一樣能／耐孤寂者，來此／冬日山村與我／比鄰結庵而居（第79首）

> 願得棄厭塵世／一友人／在此山村／共悔荒廢於／俗世的舊時光（第310首）

> 真希望在月光／穿透進來的／此草庵，／另有人影與我影並列（第65首）

> 雪珠打在／枹樹枝編的籬笆邊／乾枯落葉上的／聲音，聽起來很像／有人來訪（第146首）

> 我庵／無人來／訪——訪客唯／自樹間／穿入的月光（第143首）

> 獨居於／孤山背後，／唯一的朋友是／雨過天青後／冬夜的月亮（第86首）

> 山中強風稍歇／稍歇時／聽到的水之音，／是孤寂草庵

的／友伴（第141首）

西行雖然出家為僧，但他的決心並非堅不可搖，詩中屢屢顯示對自己求道之心的疑慮：「越過鈴鹿山／甩棄無常的人世／到他方──啊，命運／會變奏出什麼音符，／我能如何不隨凡響？」（第108首）；「雖已捨世出家，／依然覺得心繫／京城，覺得與此身／已棄離的人世／藕斷絲連……」（第208首）；「是否因為此心／仍執著於／俗世──／出家後更覺／此世可厭？」（第109首）；「無奈啊，／本以為已捨棄／俗世之春出家，／結凍的引水筒卻又／讓我期盼春至！」（第87首）。西行歌作的一大特質即是此種反覆出現的自我省思的語調，不斷地自問自答。西行真是一個誠實的擺盪者，擺盪於俗與隱之間，不斷地自我質疑，自我探索。我們不全然清楚西行一生與世隔絕的程度。他結庵於京都附近山區或遙遠的高野、吉野、伊勢，但他可能從未真正遁世，而是與其他離世隱居者住得很近，時有往來。從成為武士起，他就與位高權重的貴族和王室成員維持一定的關係，出家後也參與了京城與其他地方的詩歌或宗教活動。他與待賢門院的女官們時有聯繫，與以藤原俊成為中心的詩歌圈有所交流，與俊成三位辭官出家，隱居於大原的大、小舅子──「大原三寂」（寂念、寂超、寂然三兄弟）友好。《山家集》裡有九組西行與寂然間的贈答歌，結庵高野山時西行曾寫了十首每首以「山深」開始的一組短歌送給在大原的寂然：

山深──／早聞其幽寂／殆如是：聽／山澗水流聲／果

然令人悲（第173首）

山深——／猿猴們在／青苔鋪成的／席子上／天真啼叫
（第176首）

山深——／且蓄岩間／滴落水，／一邊撿拾已開始／掉
下來的橡實（第177首）

山深——／吹過山頂陰暗／茂密樹梢的／暴風／森嚴令
人畏（第179首）

山深——／與馴鹿的／日日親近／正說明／我離世遠矣
（第182首）

寂然收到後也回以十首都有「大原山村」的答詩（「大
原山村／有多孤寂？／我想讓你在／高野山猜猜看／深秋夕
暮時」……）。

這樣的歌道、佛道知己還有比他年輕很多的詩僧慈圓，
比他年長一些，與他情同手足（甚至情同戀人）的一生至交
詩僧西住。西住常與他一同行腳、修道，有次至山城國皇室
牧場所在的美豆一地時，西住親人生病，不能續行，西行詠
了此歌——「心繫著被山城／美豆的牧草／繫住了的那匹
馬，／我這匹馬無精打采地／獨自繼續上路」（第165首）。
有一夜，西行在高野山奧院附近橋上，月亮格外分明，憶起
曾與西住整夜在此橋上共賞明月，乃寫一詩寄給人在京城的
西住：「不知何故，我對你的／愛從昔延伸至今，遍佈／此
橋，持續發光：唯一可／與爭輝的是橋上我們曾／共看的如
今夕之明月」（第171首）。西住的答詩頗有意思，口吻像平
安時代女歌人，詼諧、嬌嗔地和他拌嘴——「我猜想，你所

思／並非真是我──／在你心中爭輝的，唯／昔日橋上我們共看／之月與今夕之月」。

西行隱而不全斷俗，出家而未全遁世，心中不免時現糾結、衝突，但或也有一種終能助其獲得慰藉、平靜，讓他有所體悟的張力、動力在：「每次汲水／總覺得／映在井水裡的／心，又／更清澈了」（第140首）；「草木都望風／披靡了，／這狂風之音／怎有可能不讓／我心清澄？」（第161首）；「我全心全意／感應／拂曉暴風雨中／傳來的／鐘聲……」（第139首）；「讓心池／起起伏伏的／水波平息──／如今我靜候／蓮花開」（第184首）。

西行的歌作無論在語言或題材上都超越了他的時代，翻新了和歌的表現方式也增寬了其表現範圍。他樸實無華地表達自己，用詞平易簡單，不避口語、俗語，處處可見其為一不受成規束縛的詩人。他常在一首短歌裡重複使用同樣的詞，有違他那個時代和歌的規範：「我們皆是／人世驚濤駭浪中／向前向前划之／舟──終停泊於／舟岡山火葬場」（波高き世を漕ぎ漕ぎて人は皆舟岡山を泊りにぞする，第123首）；「我身將何處／倒地入眠入眠／長臥不起，思之／悲矣，一如／路邊草上露」（何処にか眠り眠りて倒れ臥さんと思ふ悲しき道芝の露，第121首）；「你我兩人／年復一年同看／同看秋月，／如今獨自一人／所見唯悲」（もろともに眺め眺め秋の月ひとりにならんことぞか悲しき，第118首）──這是寫於西住臨終病榻旁的詩。本文開頭提到西行出家前寫的一首詩「棄世之人／生機真／見棄乎？／不棄之人，／方自絕自棄！」（世を捨つる人はまことに捨つるかは

捨てぬ人こそ捨つるなりけれ）——短短31個音節裡，他一點都不會不捨地用了四個漢字「捨」！

西行是意象、比喻的大師，奇喻、曲喻屢現，他一定同意杜甫所說的「語不驚人死不休」。試舉他的兩首「蛛絲詩」：「五月雨，河水／激增，沖向／蜘蛛手腳般伸向四面／八方的宇治橋，／掀起白波的蛛絲……」（第47首）；「銀河的水／如雨般／流下，水滴／被蛛絲接住／張成珍珠之網」（第319首）——前一首將蜘蛛手腳般伸向四面八方的宇治橋橋下白浪比作蛛絲，後一首將掛滿銀河牌銀光露珠的蜘蛛網比作珍珠蛛絲網……真是奇特、綺麗又動人！

有關西行生平的可靠史料很少，但他的詩常帶有自傳性質，八個世紀以來不斷誘發讀者想像，加油添醋地迸生了許多具傳奇色彩的「再創作」。最有名的譬如誕生於鐮倉時代中期的傳說集《西行物語》和《西行物語繪卷》，假託為西行編的「說話集」《撰集抄》，以及《古今著聞集》、《古事談》、《沙石集》、《源平盛衰記》、《吾妻鏡》等，另外還有許多有關於他的能劇（《雨月》、《梅濱》、《江口》、《西行櫻》、《西行塚》、《人丸西行》、《實方》、《松山天狗》、《遊行柳》、《白峰》、《西行物狂》……）和淨琉璃（《軍法富士見西行》、《西行法師狂言》、《西行法師墨染櫻》……）等。

西行在他那個時代即已獲得高度評價，他的聲望至今未曾稍減或被淡忘，這在詩人中可謂罕見的特例。關於西行的種種傳說以及對他的好感，為西行添加了一些無法說清的吸引力。但他的確是才華橫溢的詩人，是一位大家，他言說的方式、文字的風味，和日本讀者們非常相投。假如他以毛筆

寫詩，那他似乎不是沾墨，而是筆端沾滿感情，寫出來、吐出來的都是有情的東西，情真意切的字句。這看起來似乎有些矛盾——西行展現出的理想備受日本人民珍視，恰恰因為這些理想罕見於他們自己的生活中：經歷世事後對世事投以懷疑的眼光，然而其心仍真誠、虔誠；徹底嫻熟俗世卻又摒棄俗世；身體力行，體現遁世、獨立的清靜生活，而非光說不練；堅信一個人應該說出真實的感受，而非他人對自己的期待。他奮力，雖也仍有缺點地，實現了這些目標。因為他比大多數人做得更好，因為他把自己努力的歷程轉化為動人的詩歌，因為他努力的歷程以及理想被眾人所熟知，日本人對他的高度評價也實至名歸地得到世界各地讀者的認同。

藉由隱居，像西行這樣的作家獲取了一個脫離喧囂、繁華中心的空間，得以適當地自由行動，可進可退地調理介入世事與離世靜思之道，由是獲得更廣泛的經驗，以更高遠的視角觀看人世。藉由出家、沉思、行腳、悟道，西行這樣的隱者、行者、吟者，向後世展示了他們面對人類永恆的難題——如何較美好地活在一個不完美的世界——所做的努力。

正因為這樣的理由，我們在西行離世八百多年後的今日，閱讀西行。

三

這本《願在春日花下死：西行短歌300首》選譯了西行歌作320首，歌作文本主要根據久保田淳、吉野朋美校註，岩波書店出版的《西行全歌集》（2013年第1刷，2017年第9

31

刷），選譯的西行各歌集作品編號也悉依與《新編國歌大觀》編號相同的此書。我們還充分借鏡了久保田淳監修，西澤美仁、宇津木言行、久保田淳共著的西行《山家集／聞書集／殘集》（明治書院，2003），後藤重郎校註的西行《山家集》（新潮社，1982），宇津木言行校註的西行《山家集》（角川書店，2018），西澤美仁編集的《西行・魂の旅路》（角川學藝，2010），久保田淳譯註的《新古今和歌集》（角川書店，2007），以及慷慨分享於網路上諸多學者的辛勤研究成果。也要感謝好友，日本立教大學教授、女詩人蜂飼耳，多年前送給我們一本新潮社出版、圖文並茂的《新古今和歌集・山家集・金槐和歌集》，讓我們在家中書架上看到此書時想到她，也想到西行。

此次對西行歌作的進一步探索，恐怕又是被詩神、詩靈附身後，不得不全力以赴、堅毅行之的詩歌與心性修練。遍翻一本本西行歌作全集、個集、選集，精選出一首首日文原作細讀、迻譯、作註，於笨拙如我們，的確是頗磨耗耐性與心力的辛苦的甜蜜。無人行之，吾人且弓身低姿嘗試一行，但求讓名滿天下的這位可愛、傳奇的日本古典詩歌大咖，能在中文世界裡有一本小譯詩選，讓有緣的讀者得以——一個小咖（啡杯）在旁——慢慢品之、嘗之。

接連多年選譯、出版了一本本短歌、俳句集後，為什麼還要再譯西行？我們也自問過。還好原因很簡單。因為他是日本詩歌史、日本文學史、日本文化史中，無法繞開的一座大山。

山家集

【春歌】

001〔山家集：1〕

舊歲已盡，明日

春將至——如此

想著的我，入睡後

欣然在新年初夢中

夢見了春……

☆年暮れぬ春来べしとは思ひ寝にまさしく見えてかなふ初夢

toshi kurenu / haru kubeshi to wa / omoine ni / masashiku miete /

kanau hatsuyume

譯註：西行一生歌作大約有2300首，《山家集》是他主要的歌集，
收有1550多首歌作，成書時間不明，可能在他生命最後十年的某一
時候。本詩是《山家集》開卷第一首詩，有題「詠立春之朝」。日本
人稱新年第一個夢為「初夢」。「初夢」一詞可能最早見於西行此歌。

002 〔山家集：5〕
　　春綠人間——
　　家家戶戶
　　門前立著新年
　　裝飾用的
　　小松樹

☆門ごとに立つる小松にかざられて宿てふ宿に春は来にけり
kadogoto ni / tatsuru komatsu ni / kazasarete / yado chō yado ni / haru
wa kinikeri

譯註：此詩有題「家家翫春」，寫新年至，家家戶戶賞春、迎春之
景。平安時代後期，正月期間日本人有在家門口擺置小松樹，作為
年節裝飾之習，稱為「門松」，後有用松枝或竹子者。

003〔山家集：10〕
　　得知春至，
　　谷中伏流緩緩
　　細細流瀉出，
　　岩間的冰開始融化
　　形成一道縫隙……

☆春知れと谷の細水もりぞくる岩間の氷隙絶えにけり
haru shire to / tani no hosomizu / mori zo kuru / iwama no kōri / hima
taenikeri

譯註：此詩寫春暖谷間伏流先知，以及「東風（春風）解冰」之趣，
可與《古今和歌集》（905年左右完成）卷一第二首紀貫之所寫春歌
「詠立春」──「夏日浸袖水，／秋冬結成／冰──今日／立春到，
解凍／有東風……」（袖ひぢてむすびし水のこほれるを春立つ今日
の風やとくらむ）參照閱讀。

004 〔山家集：13〕

　　看似海浪湧過
　　二見浦松林
　　頂端——啊，不，
　　是樹梢
　　春霧彌漫……

☆浪越すと二見の松の見えつるは梢にかかる霞成けり

nami kosu to / futami no matsu no / mietsuru wa / kozue ni kakaru /
kasumi narikeri

譯註：此詩有題「在伊勢二見此處」。二見，即「二見浦」、二見海
濱，是附近著名伊勢神宮沐浴淨身之所。《古今和歌集》裡早有兩首
將松波與海波、雪波並比之短歌，一首是卷六藤原興風所作——
「近海濱處／雪落霏霏，翻飛／如白浪——啊／白浪真的要／越過
末松山了嗎」（浦近く降りくる雪は白浪の末の松山越すかとぞ見
る）；一首是卷二十「東歌」中無名氏所作——「我對君一心，／若
違此誓／生二意——／波濤翻越／末松山！」（君をおきてあだし心
を我がもたば末の松山浪も越えなむ）。「末松山」是位於今宮城縣
多賀城市的小丘陵，為平安時代的「歌枕」（屢被詩人們吟詠的古
蹟、名勝）。比西行晚五百年的芭蕉，1689年春也寫了一首「二見
浦敬拜」的俳句——「浪蹄踏湧一波波／海上花搶灘——白色／神
駒二見迎新春！」（うたがふな潮の花も浦の春：直譯約為「不要懷
疑——／海潮之花也把春天／帶給了海濱！」）。

005〔山家集：24〕
　　出家之身
　　聞黎明春山
　　霧靄中黃鶯
　　嚘嚘咽咽之音，誠
　　可惜之事也

☆憂き身にて聞くも惜しきは鶯の霞にむせぶ曙の山
ukimi nite / kiku mo oshiki wa / uguisu no / kasumi ni musebu /
akebono no yama

譯註：此詩有題「寄鶯述懷」。日文原詩中「むせぶ」（音
musebu），即嚘、咽之意。唐朝詩人元稹〈早春尋李校書〉一詩中
有句「帶霧山鶯啼尚小，穿沙蘆筍葉才分」，日本十一世紀《和漢朗
詠集》中錄為「咽霧山鶯啼尚少，穿沙蘆筍葉纔分」。西行詩中說美
妙的黃鶯「初音」──今年第一次的鳴叫聲──（只）給出家人聽
到，實在有點可惜、浪費。但不也是可喜、可珍惜之事嗎？

006〔山家集：25〕
　　訪客罕至的
　　春日山村，
　　黃鶯的鳴聲
　　從霧靄中
　　漏出⋯⋯

☆鶯の声ぞ霞に漏れてくる人目乏しき春の山里
uguisu no / koe zo kasumi ni / morete kuru / hitome tomoshiki / haru no yamazato

譯註：此詩有題「閑中鶯」，寫出家山居乏人訪的西行，春霞之外，閑中得聞見的最終唯鶯鳴。

007〔山家集：30〕

　　黃鶯啊，不要離開

　　你的老巢

　　起碼今年春天，

　　成為我所住的

　　谷中草庵的友伴吧！

☆春のほどはわが住む庵の友に成て古巣な出でそ谷の鶯

haru no hodo wa / waga sumu io no / tomoni narite / furusu na ide so / tani no uguisu

008〔山家集：37〕

　　恨那止步於

　　我籬笆外的來客

　　但今年春天，我願

　　親近這些為尋

　　梅香而來的人

☆この春は賤が垣根に触ればひて梅が香とめん人親しまん

kono haru wa / shizuga kakine ni / fureba hite /umegaka to men / hito shitashiman

009〔山家集：48〕

 在一列歸雁之後
 離群遲遲飛的
 一隻孤雁：
 彷彿長長的書信後
 補上的附言……

☆玉章の端書かとも見ゆるかな飛び遅れつつ帰る雁がね

tamazusa no / hashigaki kato mo / miyuru kana / tobi okuretsutsu /
kaeru karigane

譯註：此詩有題「歸雁」。

010〔山家集：49〕
　　喚子鳥啊，
　　你要喚誰
　　也來此山村中？
　　雖然我已決意
　　在此獨居

☆山里へ誰をまたこは喚子鳥ひとりのみこそ住まんと思ふに
yamazato e / tare o mata ko wa / yobukodori / hitori nomi koso /
suman to omou ni

譯註：此詩有題「山家喚子鳥」。喚子鳥為郭公、杜鵑的異稱。此詩
簡單而生動地呈現了出家的西行內心的幽微衝突──既已決定捨世
獨居，卻又不斷念也有誰同在山中。

011〔山家集：51〕

　　雲散，但

　　依然朦朧——

　　懸於

　　霧靄中

　　春夜的月

☆雲ならでおぼろなりとも見ゆるかな霞かかれる春の夜の月

kumo nakute / oboro nari to mo / miyuru kana / kasumi kakareru /
haru no yo no tsuki

譯註：此詩有題「霧靄中見朦朧月」。

012〔山家集：52〕

　　陡峭山崗上

　　山中樵夫自搭的

　　一間草庵——

　　作為界標的是，一棵

　　婷婷玉立的小柳樹

☆山賤の片岡かけてしむる庵の境に見ゆる玉の小柳

yamagatsu no / kataoka kakete / shimuru io no / sakai ni miyuru /
tama no oyanagi

譯註：此詩有題「山家柳」，被選入《新古今和歌集》（成於1205年）
中。

43

013〔山家集：56〕
　　　我的心，專一
　　　不分散地等待著——
　　　山櫻花啊
　　　綻放時你也專一
　　　莫輕易散吧

☆待つにより散らぬ心を山桜咲きなば花の思ひ知らなん
matsu ni yori / chiranu kokoro o / yamazakura / sakinaba hana no /
omoi shiranan

譯註：此詩有題「等待花開，他事皆忘」。

014〔山家集：66〕
　　　自從彼日見
　　　吉野山上
　　　櫻花綴滿枝頭，
　　　我的心便
　　　離我身而去

☆吉野山梢の花を見し日より心は身にも添はず成にき
yoshinoyama / kozue no hana o / mishi hi yori / kokoro wa mi ni mo /
sowazu nariniki

譯註：此詩後來被選入《續後拾遺和歌集》（成於 1326 年）中。

015〔山家集：68〕
　　當我
　　看見花，
　　我的心
　　無緣無故
　　痛了起來……

☆花見ればそのいはれとはなけれども心の内ぞ苦しかりける
hana mireba / sono iware to wa / nakere domo / kokoro no uchi zo /
kurushi karikeru

016〔山家集：71〕
　　恰互換──
　　春日白晝
　　盡看花，沒有夜；
　　秋日終夜看月，
　　沒有白晝……

☆ひきかへて花見る春は夜はなく月見る秋は昼なからなん
hikikaete / hana miru haru wa / yoru wa naku / tsuki miru aki wa /
niru nakaranan

譯註：此詩頗可愛、有趣。春日花好，白天整日看花，累得可能天
一黑倒頭就睡，沒有夜。同樣地，秋日月好，終宵看月，第二天可
能疲倦、愛睏得無法做任何事。

017〔山家集：72〕
　　這世界若無
　　落花或
　　被雲所遮之月，
　　我就不能
　　享受憂鬱了……

☆花散らで月は曇らぬ世なりせば物を思はぬ我身ならまし
hana chirade / tsuki wa kumoranu / yo nariseba / mono o omowanu /
wagami naramashi

譯註：此詩為詩人反面之語──他心覺哀愁、憂鬱，正因為見落花
與月被雲所遮，感傷美好的事物不免凋落或被遮蔽。

018〔山家集：74〕
　　但願分成
　　千百身，任何
　　樹梢都不錯過，
　　看盡眾山
　　盛開花！

☆身を分けて見ぬ梢なく尽くさばやよろづの山の花の盛りを
mi o wakete / minu kozue naku / tsuku saba ya / yorozu no yama no /
hana no sakari o

019〔山家集：76〕
　　　何以我
　　　被花所染之心
　　　仍在，當
　　　此身已決意
　　　棄絕愛？

☆花に染む心のいかで残りけむ捨て果ててきと思ふ我身に
hana ni somu / kokoro no ikade / nokori ken / sutehateteki to / omou
wagami ni

譯註：此詩被選入藤原俊成編撰的《千載和歌集》（成於1188年）中。

020 〔山家集：77〕

　　願在春日
　　花下
　　死，
　　二月十五
　　月圓時

☆願はくは花の下にて春死なむその二月の望月の頃

negawaku wa / hana no shita nite / haru shinan / sono kisaragi no /
mochidzuki no koro

譯註：此首去世多年前寫的短歌可視為西行辭世之作，日文原詩中
「二月」指陰曆二月，「望月」指月圓時，「二月の望月」即陰曆二
月十五日，也是佛陀釋迦牟尼入滅日。西行希望自己能在仲春圓月
夜櫻花下死去，果然，佛從其願，他在文治六年（1190）二月十六
日，於河內國（今大阪府東部）弘川寺，辭世西行。櫻花與月應是
西行一生行旅遊吟的兩大主題，在此詩中兩者圓滿地結合了，而詩
人生前也早與花月，與自然融為一體，知花月之榮枯、開落、盈虧
即此無常塵世恒常之真理。此詩後來被選入《續古今和歌集》（成於
1265年）中。西行的好友，當時歌壇領袖藤原俊成（1114-1204），
在西行如願死去後，寫了底下這首詩──「如你所願，／你死在／
櫻花下，且確然／如今已在淨土／蓮花上」（願ひおきし花の下にて
終りけり蓮の上もたがはざるらん）。西行此詩太有名，致與謝蕪
村（1716-1783）在1775年、六十歲的初夏，也忍不住替健在的自己
寫了一首諧仿西行的俳句──「櫻花已盡落／──此庵／主人仍苟
活……」（實ざくらや死のこりたる菴の主），並附前書「悲矣，我
竟未效西行法師所願」。而極其仰慕西行的詩僧良寬（1758-1831），

48

則心嚮往之，在春夜花樹下寫了如下俳句，向西行致敬——「我同樣地／在櫻花樹下／睡了一夜……」（同じくば花の下にて一とよ寝む）。他也曾在大阪弘川寺西行法師墓前詣拜、獻花，並寫了一首短歌——「原諒我，如果我／所折之花／色漸淡，香漸薄／我可獻給你的／唯獨一顆思慕的心」（手折り来し花の色香は薄くともあはれみ給え心ばかりは）。

021〔山家集：78〕

　　我死後
　　倘有弔我、
　　為我來世祈福者，
　　請奉我以
　　櫻花……

☆仏には桜の花を奉れ我後の世を人弔はば
hotoke ni wa / sakura no hana o / tatematsure / waga nochi no yo o /
hito toburawaba

譯註：此詩被選入《千載和歌集》中。

022〔山家集：86〕

　　此際，我願
　　告訴所有想真正
　　看花者——
　　捨世，到
　　山間住吧

☆今よりは花見ん人に伝へおかん世を遁れつつ山に住まへと
ima yori wa / hana min hito ni / tsutae okan / yo o nogaretsutsu /
yama ni sumae to

023〔山家集：87〕

　　賞花的
　　人群接二連三
　　來到——此
　　櫻花
　　唯一之過也！

☆花見にと群れつつ人の来るのみぞあたらさくらの咎には有ける

hanami ni to / muretsutsu hito no / kuru nomi zo / atara sakura no / toga ni wa arikeru

譯註：此詩有題「剛想清靜時，看花者紛至」。

024〔山家集：88〕

　　花凋散，
　　人不再來，
　　山谷的世界
　　又恢復
　　寧靜……

☆花も散り人も来ざらん折はまた山の峽にて長閑なるべし

hana mo chiri / hito mo kozaran / ori wa mata / yama no kai nite / nodokanarubeshi

025〔山家集：90〕
　　團團
　　花雲下
　　眺望月，
　　月看來誠然
　　朦朧……

☆雲にまがふ花の下にてながむれば朧に月は見ゆる成けり
kumo ni magau / hana no shita nite / nagamureba / oboro ni tsuki wa /
miyuru narikeri
譯註：此詩有題「花下看月」。

026〔山家集：94〕
　　見老櫻樹勉力
　　開花──別有一番
　　滋味在心頭：
　　相逢還能
　　幾度春？

☆分きて見ん老木は花もあはれなりいま幾度か春に逢ふべき
wakite min / oiki wa hana mo / aware nari / ima ikutabi ka / haru ni
aubeki
譯註：此詩有題「見一株稀稀疏疏開花的老櫻樹」。

027 〔山家集：96〕
沿崖邊險道
入吉野山
尋花，見彼春
所見之花——
啊，蓋有年矣

☆吉野山崖路伝ひに尋ね入て花見し春はひと昔かも

yoshinoyama / hokiji tsutai ni / tazuneirite / hana mishi haru wa / hito mukashi kamo

譯註：此詩有題「山寺花盛開，回想起昔日時光」。

028 〔山家集：97〕

　　如果我痴痴的凝視

　　不致引發議論，

　　有辱花名，我願

　　閑呆於此村，直至

　　春盡，飽餐花色

☆ながむるに花の名立ての身ならずはこの里にてや春を暮らさ
ん

nagamuru ni / hana no nadate no / mi narazuba / kono sato nite ya /
haru o kurasan

譯註：此詩有題「在一個有誘人櫻花之地修行」，語調相當可愛，彷
彿面對的是一個令他心動的女子。可比較《古今和歌集》裡，僧正
遍昭（816-890）這首詩──「純為喜愛／你的名字而來／摘你，女
郎花啊／不要跟人家說／我墮落無行……」（名にめでて折れるばか
りぞ女郎花我れ落ちにきと人に語るな）。女郎花秋天時開黃色小
花，是日本「秋之七草」之一。

029〔山家集：104〕

　　未及見櫻花

　　散落即歸去之

　　心──這或是

　　今我已非昔我

　　之證據……

☆散るを見で帰る心や桜花昔に変るしるしなるらん

chiru o mide / kaeru kokoro ya / sakurabana / mukashi ni kawaru /

shirushi naruran

譯註：此詩有前書「出家遁世後在東山時，有人邀我去白川賞花，
我旋告退離去，想起昔日時光」。東山，泛指從京都中心往東可見
之諸山。

030〔山家集：108〕

　　怎樣能為我

　　在來世留下

　　好回憶──

　　凝視花而

　　不用擔心風？

☆いかで我この世のほかの思ひ出に風をいとはで花をながめん

ikade ware / konoyo no hoka no / omoide ni / kaze o itowa de / hana o

nagamen

031 〔山家集：114〕

狂風如果
只將峰頂上的雲
一掃而光，而
不將櫻花吹落
就好了……

☆立まがふ峰の雲をばはらふとも花を散さぬ嵐なりせば
tachimagau / mine no kumo oba / harau to mo / hana o chirasanu /
arashi nariseba

032 〔山家集：117〕

不忍讓它們
留置在
這無常的世界，
春風憐憫地
將花吹落……

☆憂き世には留め置かじと春風の散らすは花を惜しむなりけり
ukiyo ni wa / todome okaji to / harukaze no / chirasu wa hana o /
oshimunarikeri

033〔山家集：118〕
　　櫻花啊，
　　帶我一起
　　散落吧，我心
　　已厭棄
　　這無常世界

☆もろともにわれをも具して散りね花憂き世をいとふ心ある身ぞ
moro tomoni / ware o mo gushite / chirine hana / ukiyo o itou /
kokoro aru mi zo

034〔山家集：120〕
　　凝視花
　　久久，對它們已
　　如此熟悉，
　　一朝花落散別
　　我心傷悲

☆ながむとて花にもいたく馴れぬれば散る別れこそ悲しかりけ
れ
nagamu tote / hana ni mo itaku / narenureba / chiru wakare koso /
kanashikarikere

譯註：此詩被選入《新古今和歌集》中。

035〔山家集：122〕
　　　我怎能左右
　　　吹過櫻花樹梢的
　　　風的心──但我怨
　　　那屈從風，任它
　　　玩弄、吹落的花……

☆梢吹く風の心はいかがせん従ふ花のうらめしきかな
kozue fuku / kaze no kokoro wa / ikaga sen / shitagau hana no /
urameshiki kana

036〔山家集：125〕
　　　旅途中倒臥在
　　　吉野山
　　　櫻樹下過夜──
　　　春風在我身上
　　　鋪蓋了一條櫻花被……

☆木の本に旅寝をすれば吉野山花のふすまを着する春風
ko no moto ni / tabine o sureba / yoshinoyama / hana no fusuma o /
kisuru harukaze

037〔山家集：127〕
　　我的心疼惜
　　落花：我棲身
　　樹下，想著
　　來春又將
　　變成新種子

☆散る花を惜しむ心やとどまりて又来ん春の種になるべき
chiruhana o / oshimu kokoro ya / todomarite / mata kin haru no / tane
ni narubeki

038〔山家集：128〕
　　春深，
　　枝頭上
　　櫻花謝落──
　　啊，與風無關
　　不能怪罪風⋯⋯

☆春深み枝もゆるがで散る花は風の咎にはあらぬなるべし
haru fukami / eda mo yurugade / chiru hana wa / kaze no toga ni wa /
aranunarubeshi

039〔山家集：129〕
狂風
強力堅持
也要掃庭院：我
只能把落花
託付給它

☆あながちに庭をさへ掃く嵐かなさこそ心に花を任せめ
anagachi ni / niwa o sae haku / arashi kana / sakoso kokoro ni / hana
o makaseme

040〔山家集：131〕
我有心得了：
從今以後
我會一心一意地
同情花，
責怪風！

☆心得っただ一筋に今よりは花を惜しまで風をいとはん
kokoro etsu / tada hitosuji ni / ima yori wa / hana o oshima de / kaze o
itowan

041〔山家集：133〕

如果看清是花
當不會無情以對——
是誤認作雲，
風才把櫻花
都掃落吧？

☆花と見ばさすが情をかけましを雲とて風の払ふなるべし
hana to miba / sasuga nasake o / kakemashi o / kumo tote kaze no /
haraunarubeshi

042〔山家集：134〕

被風所誘，
櫻花如今不知
去向：唯我
這顆憐花之心
仍在我身

☆風誘ふ花の行方は知らねども惜しむ心は身にとまりけり
kaze sasou / hana no yukue wa / shiranedomo / oshimu kokoro wa /
mi ni tomarikeri

043 〔山家集：139〕

　　夢中，櫻花

　　紛紛被

　　春風吹落──

　　醒來後，我的

　　心依然騷動……

☆春風の花を散すと見る夢は覚めても胸の騒ぐなりけり

haru kaze no / hana o chirasu to / miru yume wa / samete mo mune no
/ sawagunarikeri

譯註：此詩有前書，述其為詠「夢中落花」之作。西行出家原因後
世有各種揣測。有謂因見好友佐藤憲康猝逝而感人世無常，有謂因
戀慕高貴女性未有回報內心傷悲，有謂因對時局、對宮廷鬥爭之憂
慮，以及他情繫自然，一心求佛、求生命自在超脫之抉擇。如果是
愛情之故，那讓他飽嘗失戀之痛的女子應是鳥羽天皇中宮、長他
十七歲的待賢門院藤原璋子了。而此處這首詩就可視為追念苦惱之
愛或愛之苦惱的戀歌了。

044〔山家集：155〕
　　峰頂飄落下來的
　　花，掉在山谷樹上
　　彷彿再開一次：啊，
　　我不討厭
　　這樣的春日山風

☆峰に散る花は谷なる木にぞ咲くいたくいとはじ春の山風
mine ni chiru / hana wa tani naru / ki ni zo saku / itaku itowaji / haru
no yamakaze

譯註：此詩有題「花歌十五首」，此為其第十三首。

045〔山家集：163〕
　　走在陡峭山路上，
　　摘一枝杜鵑花
　　拿在手上──
　　險惡的山中
　　給力的美點！

☆岩伝ひ折らでつつじを手にぞ取る険しき山の取り所には
iwa tsutai / orade tsutsuji o / te ni zo toru / sakashiki yama no /
toridokoro ni wa

譯註：此詩有題「山路躑躅」。躑躅，杜鵑花的別名。

【夏歌】

046〔山家集：192〕
　　布穀鳥啊，
　　我死後往冥界的
　　山路上，你也用
　　這熟悉的聲音
　　和我說話吧

☆郭公その後越えん山路にも語らふ声は変らざらなん

hototogisu / sono nochi koen / yamaji ni mo / katarau koe wa /
kawarazaranan

譯註：布穀鳥（即杜鵑鳥、郭公），有「迎魂鳥」之稱，據傳為經常
往返於此世與冥界之鳥。

047 〔山家集：208〕

　　五月雨，河水

　　激增，沖向

　　蜘蛛手腳般伸向四面

　　八方的宇治橋，

　　掀起白波的蛛絲……

☆五月雨に水増さるらし宇治橋や蜘蛛手にかかる波の白糸
samidare ni / mizu masarurashi / uchihashi ya / kumode ni kakaru /
nami no shiraito

譯註：五月雨即陰曆五月的梅雨；宇治橋為跨京都宇治川的一座
橋。此詩所用比喻頗奇特、精準又動人。日文原詩中的「蜘蛛手」
有兩個意思，一指（橋）四通八達，像蜘蛛的手腳伸向四面八方（蜘
蛛有八條「腿」）；一指橋墩與橋墩間，用以支撐橋樑、橋桁的交叉
的支柱。

048〔山家集：231〕
　　　我們團團圍坐，
　　　水聲中
　　　暑熱全忘，
　　　樹梢上的蟬鳴聲
　　　也消融其中……

☆水の音に暑さ忘るる円居哉梢の蝉の声もまぎれて

mizu no oto ni / atsusa wasururu / matoi kana / kozue no semi no /
koe mo magirete

譯註：此詩有題「在北白川，水邊納涼」。北白川，在京都之東，
「志賀越道」的入口。

049 〔山家集：237〕

　　　旅人穿行過
　　　夏日田野，
　　　草太茂盛了，
　　　唯見一頂斗笠
　　　浮於葉尖上方

☆旅人の分くる夏野の草茂み葉末に菅の小笠はづれて

tabibito no / wakuru natsuno no / kusa no shigemi / hazue ni suge no /
ogasa hazurete

譯註：此詩有題「旅行草深」。

050〔山家集：240〕

　　矮竹竹身細

　　竹節間隔短，夏夜啊

　　睡不長──風

　　輕吹，微微作響，

　　一下子就天明了

☆夏の夜は篠の小竹のふし近みそよや程なく明くるなりけり

natsunoyo wa / shino no kodake no / fushi chikami / soyo ya

hodonaku / akurunarikeri

譯註：此詩曾被周作人、張愛玲在文章中提到（周作人意譯如下「夏
天的夜，有如苦竹，竹細節密，不久之間，隨即天明」），算是中文
世界裡西行的名作。日文原詩中的「篠」（しの），中文稱矮竹，細
而小的竹子。「ふし」（fushi）意為「節」或「臥し」（睡臥），是「掛
詞」（雙關語）。「そよ」（soyo）是風輕吹貌，也模擬竹子晃動的微
弱聲響。

051 〔山家集：249〕

黃昏雷陣雨
停，水中蓮葉
搖晃，滾動一團
露珠——啊
月光就在其中

☆夕立の晴るれば月ぞ宿りける玉揺りすうる蓮の浮葉に
yūdachi no / harureba tsuki zo / yadorikeru / tama yurisūru /
hasunoukiba ni

譯註：此詩有題「雨後夏月」。

69

【秋歌】

052〔山家集：258〕
　　七夕翌晨，我急急
　　起床，踏上園中
　　露濕的草地：啊，
　　當讓人們也將我
　　歸為風流人物

☆急ぎ起きて庭の小草の露踏まんやさしき数に人や思ふと
isogi okite / niwa no kogusa no / tsuyu fuman / yasashiki kazu ni /
hito ya omou to

譯註：此詩有題「七夕」，是西行詩中較罕見的搞笑、可愛之作。牛
郎、織女七夕一會後，第二天一大早即須匆匆告別（日語稱「後
朝」：きぬぎぬ，男女共寢次晨）。詩僧西行故作風流地想像自己是
牛郎，七夕翌晨也急急起床，踏上草庵庭中被露水沾濕的草地，佯
裝一夜恩愛後難捨、賦別而去。穿著僧衣的西行，天方亮即作小兒
女狀，依依不捨貌步出自家之門，這種「角色扮演」的確怪異、有
趣。日本文學中常以草上之露暗示自戀人家離去時滴落之淚。

053〔山家集：290〕

    我不知道

    何以秋天一到，

    無緣由地

    讓人

    唯覺悲

☆おほつかな秋はいかなる故のあればすずろに物の悲しかるらん

obotsukana / aki wa ikaru / yue no areba / suzuro ni mono no / kanashikaruran

054〔山家集：294〕

    整片野地上的

    露水，怕都要

    成為

    滴沾於我

    袖上的淚……

☆大方の露には何のなるならん袂に置くは涙成けり

ōkata no / tsuyu ni wa nani no / narunaran / tamoto ni oku wa / namidanarikeri

譯註：此詩有題「露」，被選入《千載和歌集》中。

71

055〔山家集：327〕
　　被皎潔
　　無暗影之月
　　所誘，我的心
　　越行越遠
　　直上雲霄

☆くまもなき月の光に誘はれて幾雲井まで行心ぞも
kuma mo naki / tsuki no hikari ni / sasowarete / iku kumoi made /
yuku kokoro zo mo
譯註：此詩有題「月前遠望」。

056〔山家集：330〕
　　我沒算今夕
　　何夕，從空中
　　月亮樣子看，
　　應該秋已過半
　　是八月十五了

☆数へねど今宵の月の気色にて秋の半ばを空に知るかな
kazu enedo / koyoi no tsuki no / keshiki nite / aki no nakaba o / sora
ni shiru kana

057〔山家集：335〕

十五之齡
不知何為老
之年紀——今宵
十五之月亦同：
高懸，飽滿

☆老いもせぬ十五の年もあるものを今宵の月のかからましかば
oi mo senu / jūgo no toshi mo / aru mono o / koyoi no tsuki no /
kakaramashikaba

058〔山家集：343〕

蟲鳴聲
越嘶啞，野地
草叢越加乾枯：秋
憐惜地以清澄
月光陪伴之

☆虫の音にかれゆく野辺の草むらにあはれを添へて澄める月影
mushi no ne ni / kareyuku nobe no / kusamura ni / aware o soete /
sumeru tsukikage

059〔山家集：345〕
　　遠眺
　　樹間漏出的
　　黎明殘月令人
　　悲，更何況
　　嶺上松風吹

☆木の間洩る有明の月を眺むればさびしさ添ふる峰の松風
konoma moru / ariake no tsuki o / nagamureba / sabishisa souru /
mine no matsukaze

060〔山家集：348〕
　　月光滲進
　　荒破
　　草庵，映在
　　我衣袖
　　淚珠上

☆あばれたる草の庵に洩る月を袖に映してながめつるかな
abaretaru / kusa no iori ni / moru tsuki o / sode ni utsushite /
nagametsuru kana

061 〔山家集：349〕

見月，

我心動盪——

昔年秋夜

明月誘我出走

之情，今又重現

☆月を見て心浮かれしいにしへの秋にもさらにめぐり逢ひぬる

suki o mite / kokoro ukareshi / inishie no / aki ni mo sarani / meguriainuru

譯註：此首詠月之歌被選入《新古今和歌集》中。秋月當前，西行忽憶起昔日未出家前，自己見秋空明月而興出家之念之景。

062 〔山家集：353〕

望月，

心清又

清：不知

究竟會達於

何邊際？

☆行方なく月に心の澄み澄みて果てはいかにかならんとすらん

yukue naku / tsuki ni kokoro no / sumisumite / hate wa ikani ka / naran to suran

063〔山家集：362〕

　　雲散天清，
　　山風的聲音
　　仍逗留松林間——
　　難怪月色染了
　　些許松綠

☆雲晴るる嵐の音は松にあれや月も緑の色に映えつつ

kumo haruru / arashi no oto wa / matsu ni are ya / tsuki mo midori no
/ iro ni haetsutsu

譯註：此詩甚美，大意為「將天上的雲吹散的山風仍逗留松林間，
窸窣作響的松風之音，飄向天際，讓月色也染了松綠……」。《拾遺
和歌集》（成於1006年）裡，齋宮女御（929-985）有一首描寫山間
松風之音的短歌，可以參閱——「山間松風／與琴音共振／交鳴，
不知／開始撥動的是／哪一根琴弦或風弦？」（琴の音に峰の松風か
よふらしいづれのをよ）。

064〔山家集：366〕
　　無一絲暗影的
　　月亮臉上，此際
　　有黑影掠過，
　　我誤以為是雲
　　不對，是飛雁

☆くまもなき月の面に飛ぶ雁の影を雲かとまがへつる哉
kuma mo naki / tsuki no omote ni / tobu kari no / kage o kumo ka to /
magaetsuru kana

065〔山家集：369〕
　　真希望在月光
　　穿透進來的
　　此草庵，
　　另有人影與
　　我影並列

☆もろともに影を並ぶる人もあれや月の洩り来る笹の庵に
moro tomoni / kage o naraburu / hito mo are ya / tsuki no morikuru /
sasa no io ni

066〔山家集：411〕

　　我從不厭倦
　　在京城裡凝視
　　其光——但
　　旅途中的月亮
　　更動人！

☆飽かずのみ都にて見し影よりも旅こそ月はあはれなりけれ
akazu nomi / miyako nite mishi / kage yori mo / tabi koso tsuki wa / aware narikere

譯註：此詩有題「旅途夜宿」。

067〔山家集：413〕

　　月光一定
　　每夜每夜猶
　　駐留在我所結的
　　山中草庵，
　　即便我旅宿在外

☆月はなほ夜な夜なごとに宿るべしわが結びおく草の庵に
tsuki wa nao / yonayona gotoni / yadorubeshi / waga musubioku / kusa no iori ni

譯註：此詩有題「旅宿思月」。

068〔山家集：414〕

浪聲
擾我心，通宵
難眠——唯
穿透進茅屋的
月光友我

☆波の音を心にかけて明かすかな苫洩る月の影を友にて

nami no oto o / kokoro ni kakete / akasu kana / toma moru tsuki no /

kage o tomo nite

譯註：此詩有前書「心有所繫，欲往位於安木的一宮參拜，在高富
浦這個地方遇強風，乃停下等候風止。見月光穿透進茅屋」。安木
的一宮，即安藝國（今廣島縣）嚴島神社。高富浦，在安藝國賀茂
郡，今之高飛浦。此詩與下一首詩，推斷可能為西行三十五、六歲
（1152 或 1153 年）左右，首次行腳「西國地區」（近畿以西的地方區）
時之作。

79

069〔山家集：415〕

　　我們一同
　　旅行，月亮在天
　　我在地：月光格外
　　清澄動人──因為
　　伴我也伴月嗎？

☆もろともに旅なる空に月も出でて澄めばや影のあはれなるらん

moro tomoni / tabi naru sora ni / tsuki idete / sumebaya kage no /
aware naruran

譯註：此詩有題「抵參拜地，月明深有所感」。詩中的皎月可說就是
西行上一首詩前書中所說「心有所繫」的靈魂之伴吧。

070〔山家集：416〕

但願有知「哀」
為何物之人
見到此際
我旅宿
床前明月光

☆あはれ知る人見たらばと思ふかな旅寝の床に宿る月影
aware shiru / hito mitaraba to / omou kana / tabine no toko ni / yadoru
tsukikage

譯註：此詩有題「旅宿月」。日語「哀」（哀れ、あはれ，音 aware）
一詞，有悲哀、可憐、愛憐、感動等意思。

071〔山家集：418〕

　　京城看月

　　深覺其

　　動人，但與旅途中

　　月亮相比，聊供解悶

　　而已，不算數也

☆都にて月をあはれと思ひしは数より外のすさび成けり

miyako nite / tsuki o aware to / omoishi wa / kazu yori hoka no /
susabi narikeri

譯註：此詩被選入《新古今和歌集》中。

072〔山家集：420〕

　　横浮的雲

　　被風吹散，

　　黎明時聽見

　　飛越過山的第一批

　　南來秋雁之聲

☆横雲の風に別るるしののめに山飛び越ゆる初雁の声

yokogumo no / kaze ni wakaruru / shinonome ni / yama tobikoyuru /
hatsukari no koe

譯註：此詩有題「朝聞初雁」。日文「初雁」（はつかり），指每年
秋天第一批從北方遷徙過來之雁。此詩被選入《新古今和歌集》中。

073 〔山家集：422〕

　　翅膀上懸繫著

　　白雲的信簡，飛離

　　而去的秋雁渴切地

　　呼喚著留在我門前

　　田地上的同伴

☆白雲を翅に懸けて行雁の門田の面の友慕ふなり

shirakumo o / tsubasa ni kakete / yuku kari no / kadota no omo no /
tomo shitau nari

譯註：此詩有題「雁聲遠近」──遠處天上與近處門前田地上，兩
相離而遠近交鳴的雁聲。詩中畫面讓人想及蘇武「繫帛於雁足以傳
書」的故事。此詩被選入《新古今和歌集》中。

074〔山家集：426〕

心中話猶未

盡吐，即依依不捨

道別──連霧

也湧過來隔開

將去的他與她

☆名残多み睦言尽きで帰り行く人をば霧も立隔てけり

nagori ōki / mutsugoto tsukide / kaeriyuku / hito oba kiri mo /
tachihedatekeri

譯註：此詩有題「霧隔行客」。

075〔山家集：439〕

左右無鄰人的

野地草庵裡

獨居的我徹夜

唯聞

鹿的悲鳴

☆隣ゐぬ原の仮屋に明かす夜はしかあはれなるものにぞ有ける

tonari inu / hara no kariya ni / akasu yo wa / shika aware naru / mono
ni zo arikeru

譯註：此詩有題「幽居聞鹿」。

076〔山家集：440〕
　　山間田邊
　　草庵附近鹿鳴聲
　　驚我睡夢，我反過來
　　用驅鳥的鳴器
　　驚嚇走它！

☆小山田の庵近く鳴く鹿の音に驚かされて驚かされてかす哉
oyamada no / io chikaku naku / shika no ne ni / odorokasarete /
odorokasu kana
譯註：此詩有題「田庵鹿」，被選入《新古今和歌集》中。

86

077〔山家集：470〕

　　即便看破紅塵者
　　也能感受
　　此哀愁——秋暮
　　澤畔，一隻鷸鳥
　　突然飛起

☆心なき身にも哀は知られけり鴫立つ沢の秋の夕暮
kokoro naki / mi ni mo aware wa / shirarekeri / shigi tatsu sawa no /
aki no yūgure

譯註：此詩有題「秋日途中」，為西行名作。《新古今和歌集》中有
三首寫「秋之夕暮」，被後世稱為「三夕」之作，此為其一。另兩首
為寂蓮法師之「孤寂非因／其色澤——／杉樹叢立的／青山，／秋
之夕暮」（さびしさはその色としもなかりけり槙立つ山の秋の夕
暮），以及藤原定家之「極目望去／無花／亦無紅葉——／岸邊惟一
茅屋／秋日夕暮」（見渡せば花も紅葉もなかりけり浦の苫屋の秋の
夕暮）。

【冬歌】

078〔山家集：494〕
落葉覆蓋
我屋，也
把道路掩埋了——
別讓我這麼早就
預習冬籠生活啊！

☆道もなし宿は木の葉に埋もれてまだきせさする冬籠り哉
michi mo nashi / yado wa konoha ni / uzumorete / madaki sesasuru /
fuyugomori kana

譯註：此詩有題「山家落葉」。冬籠（冬日閉居、幽居），指冬日下
雪或天寒時，長時間避居屋內不出門。

079〔山家集：513〕

　　　但願另有

　　　和我一樣能

　　　耐孤寂者，來此

　　　冬日山村與我

　　　比鄰結庵而居

☆寂しさに堪へたる人のまたもあれな庵並べん冬の山里

sabishisa ni / taetaru hito no / mata mo are na / iori naraben / fuyu no

yamazato

譯註：此詩被選入《新古今和歌集》中。

080〔山家集：516〕

　　旅宿在外

　　草枕上

　　寒霜冷澈──

　　啊，我殷殷等待

　　拂曉殘月之光

☆旅寝する草の枕に霜冴て有明の月の影ぞ待たるる

tabine suru / kusa no makura ni / shimo saete / ariake no tsuki no /

kage zo mataruru

譯註：此詩有題「寒夜旅宿」。

081 〔山家集：517〕
　　　冬日草木枯萎，
　　　山村中
　　　一片荒涼，唯
　　　月光清澈
　　　淒美

☆冬枯れのすさまじげなる山里に月の澄むこそあはれ成けれ
fuyugare no / susamajigenaru / yamazato ni / tsuki no sumu koso /
aware narikere

譯註：此詩有題「山家冬月」。

082〔山家集：522〕
　　深冬月光
　　冷且澈，
　　在無水的
　　庭院中，鋪了
　　一層薄冰

☆冴ゆと見えて冬深くなる月影は水なき庭に氷をぞ敷く
sayu to miete / fuyu fukaku naru / tsukikage wa / mizu naki niwa ni /
kōri o zo shiku

譯註：此詩有題「庭上冬月」。

083〔山家集：530〕
　　雪落紛紛，
　　掩埋了我折下
　　作為路標的柴枝——
　　啊，我要意外地
　　開始我的冬籠生活了

☆降る雪に枝折りし柴も埋もれて思はぬ山に冬籠りぬる
furu yuki ni / shiorishi shiba mo / uzumorete / omowan yama ni /
fuyugomorinuru

譯註：此詩有題「雪埋路」。

084〔山家集：533〕

　　　期盼有人

　　　來訪，又怕雪

　　　被踏髒了——放眼

　　　一看，雪上面是鹿的

　　　足印，不是人的！

☆人来ばと思ひて雪を見る程に鹿跡付くることも有けり

hito koba to / omoite yuki o / miru hodo ni / shika ato tsukuru / koto mo arikeri

譯註：西行此詩顯然變奏了平安時代中期女歌人和泉式部（約974-約1034）的名作——「久候的那人如果／真來了，／我該怎麼辦？／不忍見足印玷污／庭園之雪」（待つ人の今も来たらばいかがせむ踏ままく惜しき庭の雪かな），但又巧妙地以「是鹿的足印」（而非人的）轉折出新趣味——無人來訪，沒有鞋印玷污雪，應該欣慰，或是失望？

085〔山家集：539〕

　　紛紛落的雪

　　掩埋了原野道路

　　也掩埋了山路，

　　我分不清彼方此方：

　　在旅途的天空下

☆雪降れば野路も山路も埋もれてをちこち知らぬ旅の空かな

yuki fureba / noji mo yamaji mo / uzumorete / ochikochi shiranu /

tabi no sora kana

086〔山家集：558〕

　　獨居於

　　孤山背後，

　　唯一的朋友是

　　雨過天青後

　　冬夜的月亮

☆ひとり住む片山陰の友なれや嵐に晴るる冬の夜の月

hitori sumu / katayama kage no / tomo nare ya / arashi ni haruru /

fuyu no yo no tsuki

087〔山家集：571〕
　　無奈啊，
　　本以為已捨棄
　　俗世之春出家，
　　結凍的引水筒卻又
　　讓我期盼春至！

☆わりなしや氷る懸樋の水ゆゑに思ひ捨ててし春の待たるる
warinashi ya / kōru kakehi no / mizu yue ni / omoi suteteshi / haru zo
mataruru

譯註：此詩有前書「出家遁居於鞍馬深山時，引水筒結冰了，再也
不能取水。聽聞引水筒要等春天來時才會解凍後，寫了此歌」。鞍
馬，在今京都市左京區中部。

088 〔山家集：572〕

孤寂之感
尤甚於以往
任何時候：
旅途天空下
送走舊的一年

☆常よりも心細くぞ思ほゆる旅の空にて年の暮れぬる

tsune yori mo / kokorobosoku zo / omouyuru / tabi no sora nite / toshi no kurenuru

譯註：此詩有題「歲暮在陸奧國」，是西行三十歲（1147年）左右、第一次奧州（日本本州東北地區）之旅時所詠。

089〔山家集：576〕

　　心想即便我

　　不說，渴慕的

　　那人說不定會不請

　　自來──一年將盡

　　我仍躊躇未開口……

☆おのづから言はぬを慕ふ人やあるとやすらふほどに年の暮れ
ぬる

onozukara / iwanu o shitau / hito ya aru to / yasurau hodo ni / toshi no
kurenuru

譯註：此詩有題「歲暮贈人」，被選入《新古今和歌集》中。有人認
為此詩為西行寫給其妻之作。

【戀歌】

090〔山家集：597〕
　　但願那無動
　　於衷的薄情人明白
　　我薄弱的心
　　將如櫻花般
　　隨風飄散……

☆つれもなき人に見せばや桜花風に随ふ心よわさを
tsure mo naki / hito ni misebaya / sakurabana / kaze ni shitagau /
kokoro yowasa o
譯註：此詩與下一首詩有題「寄花戀」。

091〔山家集：598〕
　　好花在眼前
　　而無心賞，
　　失魂的我
　　唯盼你的面影
　　重臨我身

☆花を見る心はよそに隔たりて身に付きたるは君が面影
hana o miru / kokoro wa yoso ni / hedatarite / mi ni tsukitaru wa /
kimi ga omokage

092〔山家集：599〕

　　發現隱藏於

　　葉子後面一朵

　　尚未凋謝之花——

　　我好像遇見了想要

　　秘密一會的戀人

☆葉隱れに散りとどまれる花のみぞ忍びし人に逢ふ心地する

hagakure ni / chiritodomareru / hana nomi zo / shinobishi hito ni / au

kokochi suru

譯註：此詩有題「寄殘花戀」。

093〔山家集：603〕
　　為你心亂
　　難定──戀慕你
　　之情千絲萬縷，
　　彷彿野地裡任風
　　擺佈的黃背草

☆一方に乱るともなき我恋や風定まらぬ野辺の苅萱
hitokata ni / midaru to mo naki / waga koi ya / kaze sadamaranu /
nobe no karukaya

譯註：此詩有題「寄苅萱戀」。日文「苅萱」（或刈萱），即黃背草、
黃背茅，生於山野的禾本科植物。

094〔山家集：606〕

　　每天早晨

　　風聲逐漸減弱

　　而落葉無聲——是

　　徹夜私語後將別的

　　戀人們的心嗎？

☆朝ごとに声ををさむる風の音は夜を経てかるる人の心か

asagoto ni / koe o osamuru / kaze no oto wa / yo o hete karuru / hito
no kokoro ka

譯註：此詩有題「寄落葉戀」。《和漢朗詠集》中，具平親王有詠落
葉的漢詩之句「逐夜光多吳苑月，每朝聲少漢林風」。「かるる」
（karuru）是雙關語，既指「離別」（「離るる」），亦指落葉之「枯萎」
（「枯るる」）。

095〔山家集：620〕
　　　弓形的
　　　弦月，已在
　　　視線外——但我怎能
　　　忘記，射入我心的
　　　她柔光之美？

☆弓張の月に外れて見し影のやさしかりしはいつか忘ん

yumihari no / tsuki ni hazurete / mishi kage no / yasashikarishi wa /
itsuka wasuren

譯註：日語「弓張の月」指（上、下）弦月。此詩殆以弦月比所戀
之人（有一說認為指「待賢門院」璋子），讓人想及《萬葉集》裡大
伴家持（約718-785）那首著名少作「仰頭望見一芽／新月，勾引我
／思念那曾匆匆／一瞥的／伊人之眉……」（振仰けて若月見れば一
目見し人の眉引思ほゆるかも）。

096 〔山家集：621〕

　　分別後

　　你的面影

　　難忘──

　　每回對月，

　　猶見你的姿韻……

☆面影の忘らるまじき別れかな名残を人の月に留めて

omokage no / wasurarumajiki / wakare kana / nagori o hito no / tsuki
ni todomete

譯註：此首戀歌應是西行二十幾歲之作。又是待賢門院璋子的姿影
嗎？

097〔山家集：634〕
　　縱使我身
　　哭成一座
　　淚池，我的心
　　在淚池中
　　依然留宿月

☆よしさらば涙の池に身をなして心のままに月を宿さん

yoshi saraba / namida no ike ni / mi o nashite / kokoro no mama ni /

tsuki o yadosan

譯註：日語「宿」兼有「留宿」與「映照」之意。此詩中譯後半亦
可譯作「我的心／在淚池中／依然映照月」。

098 〔山家集：639〕
　　當我望月，
　　你的面影
　　清晰浮於其上——
　　然而我的淚，很快地
　　讓月蒙上一層雲……

☆面影に君が姿を見つるよりにはかに月の曇りぬる哉
omokage ni / kimi ga sugata o / mitsuru yori / niwaka ni tsuki no /
kumorinuru kana

099 〔山家集：644〕
　　月明無暗影，
　　就在這時
　　我憶起了你——
　　心頭的雲不意
　　卻將月容毀

☆くまもなき折しも人を思ひ出でて心と月をやっしつるかな
kuma mo naki / orishimo hito o / omoidete / kokoro to tsuki o /
yatsushitsuru kana

譯註：此詩被選入《新古今和歌集》中，與前一首詩似是同一主題
的兩個變奏。

100〔山家集：685〕

　　如今我明白了，
　　當她誓言將
　　長相憶時，
　　不過是委婉地說
　　會將我淡忘⋯⋯

☆今日ぞ知る思ひ出でよと契りしは忘れむとての情なりけり
kyō zo shiru / omoiide yo to / chigirishi wa / wasure mutote no /
nasakenarikeri

101〔山家集：709〕

　　我因戀苦惱的

　　淚水，很快

　　將成為淹沒

　　渡三途川者的

　　深淵……

☆もの思ふ涙ややがて三瀬川人を沈むる淵となるらん

mono omou / namida ya yagate / mitsusegawa / hito o shizumuru /
fuchi to naruran

譯註：日語「三瀬川」（mitsusegawa），即三途川、冥河，人死後七日，前往冥土時要經過的河──依生前之業（善惡行為），善人渡橋，輕罪者渡淺水，重罪者渡急流深水。「三瀬川」的「三」（mitsu）與「満つ」（mitsu，滿之意）一詞同音、雙關，暗示因愛而死。

102 〔山家集：711〕

　　可信賴的
　　傍晚和拂曉的
　　鐘聲──聲聲
　　盪滌我們
　　愛慾之罪……

☆賴もしな宵曉の鐘の音にもの思ふ罪もつきざらめやは

tanomoshi na / yoiakatsuki no / kane no oto / monoomou tsumi mo /
tsukizarame ya wa

譯註：此詩為《山家集》「戀歌」此輯最後一首詩，西行以藉佛道修
行求減輕愛慾苦惱的此首歌收束全輯。傍晚和拂曉的鐘聲是寺廟傳
來的清音，也是提醒、標示一夕纏綿的戀人們相會、相別時刻的
「鬧鐘」。日語原詩中的「つき」（tsuki），可指「尽き」（tsuki，終結）
或「撞き」（tsuki，撞〔鐘〕），是「掛詞」（雙關語）。

【雜歌】

103〔山家集：712〕

當我正深思
痛感往事時，
晚鐘之聲
一聲聲更添
我哀愁……

☆つくづくとものを思ふにうちそへて折あはれなる鐘の音哉
tsukuzuku to / mono o omoi ni / uchisoete / ori aware naru / kane no
oto kana

譯註：此詩為《山家集》「雜歌」此輯第一首詩，呼應前面「戀歌」
一輯最後一首詩，所詠從對戀愛的愁思開展為對往事、人世的感
懷。日語「つくづく」（tsukuzuku）為深切、痛切、深思痛感之意，
而「つく」（tsuku）與「撞く」（tsuku，撞〔鐘〕）同音，為雙關語。
「雜歌」殆指贈答、述懷、羈旅以及無題等種種性質之歌。

104〔山家集：714〕

　　我的衣袖

　　被簷前橘花

　　香氣所染，

　　包裹起一滴滴

　　回味往事之淚

☆軒近き花橘に袖染めて昔を偲ぶ涙包まん

noki chikaki / hana tachibana ni / sode shimete / mukashi o shinobu /
namida tsutsuman

譯註：《古今和歌集》裡，有一首無名氏所寫詠橘花之香的名作——
「待五月而開的／橘花，香氣撲鼻／今我憶起／昔日舊人／袖端的
香氣」（五月待つ花橘の香をかげば昔の人の袖の香ぞする）。無名
氏此歌之後，因「橘花之香」誘發的懷舊之作接二連三。西行此詩
喚覺（橘花香）與觸覺（淚濕）交融，歌境頗幽微。

105 〔山家集：723〕

　　我心如
　　天空，佈滿
　　春霧般的思緒，
　　渴望上騰
　　離世而去……

☆空になる心は春の霞にて世にあらじとも思ひ立つ哉

sora ni naru / kokoro wa haru no / kasumi nite / yo ni araji to mo /
omoitatsu kana

譯註：此詩有前書「思遁世出家之頃，東山諸人言及以『寄霞述懷』
為詩題」。西行於保延六年（1140年）十月十五日出家，此詩應是
半年多前，此年春天時所作。未出家前，西行與東山地區寺廟關係
頗深。此處中譯105至108諸首，皆為生遁世之念的西行出家前心境
之歌。

106〔山家集：724〕

讓我為
無足輕重的
自己，留下一
厭世之名
給後世吧！

☆世を厭ふ名をだにもさは留め置て数ならぬ身の思出にせん
yo o itou / na o dani mo mata / tomeokite / kazu naranu mi no /
omoide ni sen

譯註：此詩有題「同心」，為出家前顯示其遁世決心之作。

107〔山家集：727〕

　　浮於上空之月

　　是輕浮、不確定的

　　紀念物——如果

　　見它而想起我

　　兩心當能相通

☆月のみや上の空なる形見にて思ひも出でば心通はん

tsuki nomi ya / uwanosora naru / katami nite / omoi mo ideba /
kokoro kayowan

譯註：此詩有前書「困於遙遠某地時，月明之際寄給京城之人」。為
何「困於某地」，情況不明；有人認為這是西行第一次奧州之旅中所
詠之作。「京城之人」是誰亦不明；有人說指其妻。日語「上の空」
（うわのそら：uwanosora），兼有天上、空中，以及漂浮、漫不經
心、不可靠之意，是雙關語。此詩被選入《新古今和歌集》中。

108〔山家集：728〕

越過鈴鹿山

甩棄無常的人世

到他方——啊，命運

會變奏出什麼音符，

我能如何不隨凡響？

☆鈴鹿山憂き世をよそに振り捨てていかになり行我身なるらん
suzukayama / ukiyo o yoso ni / furisutete / ika ni nariyuku / wagami
naruran

譯註：此詩有前書「在鈴鹿山，往伊勢方向，欲出家遁世」，為離開
京城的西行，往伊勢方向途中所作。西行雖已決意出家，對自己的
未來卻未免有所不安。鈴鹿山，在伊勢國，位於今三重縣、滋賀縣
交界。日文原詩中，鈴鹿山的「鈴」與「振り」、「なり」、「なる」
等詞是「緣語」（相關語）——「振り捨てて」（furisutete，拋捨、
捨棄之意）中的「振り」（furi）是振動、甩動之意；「なり行」
（nariyuku，變成之意）中的「なり」有「成り」（nari，變成）和「鳴
り」（nari，鳴響）兩個意思；「我身なるらん」（我身會變成什麼樣？）
中的「なる」（naru），也有「成る」（naru，變成）和「鳴る」（naru，
鳴響）兩個意思。此詩被選入《新古今和歌集》中。

109〔山家集：729〕

　　是否因為此心
　　仍執著於
　　俗世——
　　出家後更覺
　　此世可厭？

☆何事にとまる心のありければさらにしもまた世の厭はしき

nanigoto ni / tomaru kokoro no / arikereba / sarani shimo mata / yo no itowashiki

譯註：此詩有題「述懷」，被選入《新古今和歌集》中。

110〔山家集：752〕

　　欲棄離此

　　無常、暫居的

　　浮世誠難矣，

　　但你連借我

　　暫宿一晚都不願？

☆世の中を厭ふまでこそかたからめ仮の宿りを惜しむ君哉

yononaka o / itou made koso / katakarame / kari no yadori o / oshimu
kimi kana

譯註：此詩有前書「參拜天王寺途中遇雨，在江口借宿，遭拒，乃
詠此」。江口為攝津國（包含今大阪市、堺市北部等地）澱川的河
港，昔日住有許多遊女（即妓女）。《山家集》此詩之後錄有一首未
標示作者姓名或身分之答歌（山家集：753）——在後來出版的《西
行法師家集》中被補上「遊女妙」之名。兩首詩都被選入《新古今
和歌集》中，是非常有名，流傳甚廣的一組「問答歌」。西行此歌日
文原作中的「仮の宿」有兩義，一指臨時容身處、借宿處，一指無
常的世界、現世、浮生（亦稱「仮の世」）。西行點慧地跟對方（遊
女妙）說，我們很難做到離世、棄世，很難做到每一天都不借住於
這暫借給我們居住的無常浮世，既然棄世不成的你依然每天得向這
浮世借宿，為什麼你家不能借我過一夜？有關西行生平的可靠史料
很少，但他的詩常帶有自傳性質，幾個世紀以來不斷誘發讀者想
像，加油添醋地迸生了許多具傳奇色彩的「再創作」，譬如以此組問
答歌為材料寫成的「江口遊女事」（收錄於《撰集抄》中）以及觀阿
彌所作的謠曲（日本能樂的詞曲）《江口》。遊女妙的答歌同樣抓住
「仮の宿」此一關鍵字回擊，辯說既然浮世純虛、純空，是出家人所

116

厭、要離的「假世」，棄世者何必再求「假宿」，要想借宿！下面是《山家集》中此詩中譯——

因為我聽說
你是出家、厭居此
浮世之人——我想
你的心不該
留有借宿之念

☆家を出づる人とし聞けば仮の宿に心とむなと思ふばかりぞ
（遊女妙）
ie o izuru / hito to shi kikeba / kari no yado ni / kokoro tomuna to /
omou bakari zo

111〔山家集：758〕

　　啊，何時能從

　　此世長眠

　　之夢驚

　　醒，頓悟

　　真理？

☆いつの世に長き眠りの夢覚めて驚くことのあらんとすらん

itsu no yo ni / nagaki neburi no / yume samite / odoroku koto no /
aran to suran

112〔山家集：763〕

　　悲哉，

　　一旦越過

　　死出山，

　　此世無法

　　再歸來！

☆越えぬれば又もこの世に帰り来ぬ死出の山こそ悲しかりけれ

koenureba / matamo konoyo ni / kaeri konu / shidenoyama koso /
kanashikari kere

譯註：死出山（「死出の山」），人死後在冥途中所必經之陰山。

113〔山家集：764〕
徒然矣！
生命如露
倏忽消，
我身野地
骨一堆

☆はかなしやあだに命の露消えて野辺に我身や送り置くらん
hakanashi ya / ada ni inochi no / tsuyu kiete / nobe ni wagami ya /
okuri okuran

114〔山家集：768〕
年月
何以為我
送行這麼久：
昨日之人
今日不在世！

☆年月をいかでわが身に送りけん昨日の人も今日はなき世に
toshitsuki o / ikade wagami ni / okuriken / kinō no hito mo / kyō wa
naki yo ni

譯註：此詩被選入《新古今和歌集》中。

115 〔山家集：773〕
　　　明月當空：
　　　此身見月還能
　　　幾多秋？
　　　前世與月誓約
　　　此生再相逢

☆月を見ていづれの年の秋までかこの世にわれが契りあるらん
tsuki o mite / izure no toshi no / aki made ka / konoyo ni ware ga /
chigiri aruran

譯註：此詩有題「月前述懷」。

116 〔山家集：774〕

　　但願能將
　　今宵明月光添加
　　於我身，為
　　行經死出山亡者
　　照亮山路

☆いかでわれ今宵の月を身に添へて死出の山路の人を照らさん
ikade ware / koyoi no tsuki o / mi ni soete / shidenoyamaji no / hito o
terasan

譯註：此詩有前書「七月十五夜，月明，在舟岡」。陰曆七月十五夜
為祭祀亡靈的盂蘭盆節之夜。舟岡，山城國（京都府）愛宕郡紫野
西南之山，形似舟而得名，有一火葬場——西行在此歌中將之比為
「死出の山路」——人死後往冥界途中必經的「死出山」之險峻山
路。

117〔山家集：775〕

當我死時，
枕於艾草底下
墳床——啊，
希望仍能聽到
蟋蟀親密的叫聲

☆その折の蓬がもとの枕にもかくこそ虫の音には睦れめ

sono ori no / yomogi ga moto no / makura ni mo / kaku koso mushi
no / ne ni wa mutsureme

譯註：此詩有前書「心覺孤獨無依時，聞蟋蟀聲近我枕」。從生時聽
到取悅、撫慰其心的蟋蟀聲，跳接到預約蟋蟀當他死時安魂曲詠歎
調歌手，真是有趣而感人的轉折。晚西行六百多年的小林一茶
（1763-1827），也有一首相近的俳句——「當我死時／照看我墳——
／啊，蟋蟀」（我死なば墓守となれきりぎりす）。

118〔山家集：778〕
　　　你我兩人
　　　年復一年同看
　　　同看秋月，
　　　如今獨自一人
　　　所見唯悲

☆もろともに眺め眺め秋の月ひとりにならんことぞか悲しき
morotomo ni / nagame nagamete / aki no tsuki / hitori ni naran / koto
zo kanashiki

譯註：此詩有前書「同行的上人病篤，明月下，心傷之」。此「上人」
指與西行關係密切，一同行腳各地、同為歌人的西住法師。西住可
能長西行約十歲，俗名源季政，《千載和歌集》中收有其歌四首。西
行此詩憶與病床上臨終的西住最後共對明月之景以及兩人一生之
情。

124

119〔山家集：779〕

縱使你四處

打聽

落花般消散的

她的行蹤，風也沒

傳來一點消息……

☆尋ぬとも風の伝つてにも聞かじかし花と散りにし君が行方を
tazunu tomo / kaze no tsute ni mo / kikaji kashi / hana to chiri ni shi /
kimi ga yukue o

譯註：此詩有前書「待賢門院死後，人們守著她直到第二年喪期結
束，正是南側的花謝落之時，乃寫此詩送待賢門院女官堀河」。待
賢門院，即藤原璋子，1101 年生，德大寺公實之女，鳥羽天皇的中
宮。崇德天皇、後白河天皇兩兄弟之母，1145 年 8 月 22 日以四十五
歲之齡過世（這年西行二十八歲）。據說她是西行所戀又讓他嘗失戀
之苦的女子（參閱第 43 首譯詩譯註）。堀河，又稱待賢門院堀河，
是服侍待賢門院璋子的女官，也是傑出女歌人，中古六歌仙之一，
長西行約二十歲。她收到西行此詩後回有一歌，收錄在《山家集》
西行此詩之後（山家集：780）──

風如果告訴你
她的行蹤，
我將及時隨你尋
落花般消散的
她的芳蹤

☆吹く風の行方知らするものならば花と散るにも遅れざらまし
（堀河）

fukukaze no / yukue shira suru / mononaraba / hana to chiru ni mo /
okure zara mashi

126

120〔山家集：800〕

唯有其名

不朽，仍被

記住——

他的遺物是

枯野芒草

☆朽ちもせぬ其名ばかりを留め置て枯野の薄形見にぞ見る

kuchi mo senu / sono na bakari o / todomeokite / kareno no susuki /
katami ni zo miru

譯註：此詩為西行1147年第一次奧州之旅時之作，亦被選入《新古今和歌集》中。西行在詩前寫了一段頗長的「詞書」（前言）——「在陸奧國時，在野地中看到一似乎有別於尋常的荒塚，我問人這是誰之墓，答曰『中將之墓』，當我繼續追問中將是誰時，對方回答『是實方朝臣』。我聞之甚悲。在未知實情前，眼前所見這一片因霜凍而枯萎、模糊的芒草，已讓我悲愴異常。後來，我幾乎找不到合適的語詞來表達我的感受」。此「實方朝臣」即平安時代中期歌人藤原實方。西行哀實方名字尚存人間，其骨骸、墓地俱消毀湮滅，讓他悲愴得不知如何言之。實方曾任近衛中將，995年時被貶為陸奧守，999年時客死任地。實方生平事蹟頗富傳奇，屬風流才子，相傳與眾多女性有交往。其死因據說因其不信笠島「道祖神」，騎馬經過時不下馬敬拜，遭神罰而人馬皆摔死。《和漢朗詠集》中有白居易詩「遺文三十軸，軸軸金玉聲，龍門原上土，埋骨不埋名」。以踵繼西行為志的芭蕉，在其1689年《奧之細道》之旅中，至笠島郡時也曾打聽實方之塚何在，知「道祖神社、遺物芒草，於今猶存」，但因五月雨，路況惡，僅吟俳句一首遠眺而過——「笠島啊，／究何處？

五月／路泥濘」（笠島はいづこさ月のぬかり道）。《奥之細道》「平泉」一章，芭蕉另有一俳句寫其登高館山丘遠眺，遙想當年忠臣義士困守此城中，求建立功名，終化為萋萋青草，詩境與西行詠實方遺跡歌頗有相通處——「夏草：／戰士們／夢之遺跡……」（草や兵どもが夢の跡）。

121〔山家集：844〕

　　我身將何處

　　倒地入眠入眠

　　長臥不起，思之

　　悲矣，一如

　　路邊草上露

☆何処にか眠り眠りて倒れ臥さんと思ふ悲しき道芝の露

izuku ni ka / neburi neburite / taorefusan to / omou kanashiki /

michishiba no tsuyu

譯註：此詩有題「無常之歌」。

122〔山家集：848〕

　　無法辨清

　　哪座是哪個

　　死者的——

　　夕暮中之墓

　　各各荒涼

☆なき跡を誰と知らねど鳥部山おのおのすごき塚の夕暮

naki ato o / tare to shiranedo / toribeyama / ono ono sugoki / tsuka no

yūgure

譯註：鳥部山，位於今京都市東山區，為墓地所在。

123 〔山家集：849〕

　　　我們皆是
　　　人世驚濤駭浪中
　　　向前向前划之
　　　舟──終停泊於
　　　舟岡山火葬場

☆波高き世を漕ぎ漕ぎて人は皆舟岡山を泊りにぞする

nami takaki / yo o kogi kogite / hito wa mina / funaoka yama o /
tomari ni zo suru

譯註：舟岡山，火葬場所在之地（參閱第116首譯詩譯註）。西行可
說是對文字相當敏感的意象與比喻大師，此詩以火葬地「舟岡山」
之「舟」為詩眼，將人生比擬如舟行於動盪波濤上直至泊於收容眾
舟的舟岡山方安息。在這首詩裡，我們再次看到西行愛用的「重複
表現」（漕ぎ漕ぎ：向前向前划）此一詩歌技法。

124〔山家集：850〕

　　我身死後將

　　永為青苔之席

　　所覆，我想我早已從

　　岩石下方暗處

　　之露知此矣

☆死にて臥さん苔の筵を思ふよりかねて知らるる岩陰の露

shi nite fusan / koke no mushiro o / omou yori / kanete shiraruru /

iwakage no tsuyu

譯註：日語「岩陰」，指岩石後方或下方暗處。

125〔山家集：870〕

　　見月

　　隱沒於

　　山脊之後，

　　我心亦思

　　一同入西

☆山端に隱るる月を眺むれば我も心の西に入るかな

yamanoha ni / kakaruru tsuki o / nagamureba / ware to kokoro no /

nishi ni iru kana

譯註：此詩有題「見月思西」，詩中之「西」為西方淨土之喻。

131

126〔山家集：873〕

　　聞山川

　　湍急

　　水流聲，

　　更覺生命朝

　　死亡步步逼近

☆山川のみなぎる水の音聞けば迫むる命ぞ思ひ知らるる

yamagawa no / minagiru mizu no / oto kikeba / semuru inochi zo /
omoishiraruru

譯註：此詩有題「人命不停（無常迅速），速於山水」，《涅槃經》
之句，日僧源信（942-1017）《往生要集》中引用（「人命不停，過
於山水」）。

127 〔山家集：874〕

非徒勞矣，

為他人

所捨之命終將

一一歸來

成全你得悟

☆あだならぬやがて悟りに帰りけり人のためにも捨つる命は

ada naranu / yagate satori ni / kaerikeri / hito no tame ni mo / sutsuru
inochi wa

譯註：此詩有題「菩提心論有云：乃至身命而不吝惜」——意謂誓
願修行，不吝惜生命、不遺餘力。

128〔山家集：875〕
　　　我之惑也：
　　　我心
　　　知我心──我心
　　　知我心
　　　無法得悟

☆惑ひ来て悟り得べくもなかりつる心を知るは心なりけり
madoikite / satori ubeku mo / nakaritsuru / kokoro o shiru wa / kokoro
narikeri

譯註：此詩有題「疏文有云：心自悟心，心自證心」。

129 〔山家集：876〕

　　暗夜豁然開朗，

　　心空中

　　月亮清澄，

　　想必越來越近

　　西山了⋯⋯

☆闇晴れて心の空に澄む月は西の山辺や近くなるらん

yami harete / kokoro no sora ni / sumu tsuki wa / nishi no yamabe ya
/ chikaku naruran

譯註：此詩有題「觀心」，被選入《新古今和歌集》，為《新古今和
歌集》中最後一首歌作。詩中之「西山」為西方淨土之喻。

130〔山家集：888〕
　　視靈鷲山之
　　月為已落
　　之月者，
　　心依然
　　迷暗也

☆鷲の山月を入りぬと見る人は暗きに迷ふ心なりけり
washinoyama / tsuki o irinu to / miru hito wa / kuraki ni mayou /
kokoro narikeri

譯註：此詩有題「壽量品」。壽量品，即《法華經・如來壽量品》，
其中有謂佛的壽命無限，其入於涅槃之境，以方便、權宜之法導引
眾生成佛。日語「鷲の山」，即靈鷲山，釋迦牟尼說《法華經》、「拈
花微笑」故事發生之地。詩中之「月」為釋迦牟尼之暗喻。

131〔山家集：899〕

神樂歌中
詠餵馬吃草之景
讓人感動，但
如果轉生為畜生
是大不幸啊！

☆神楽歌に草取り飼ふはいたけれど猶その駒になることは憂し
kagurauta ni / kusatori kau wa / ita keredo / nao sono koma ni / naru
koto wa ushi

譯註：此詩有題「畜生」，是其「六道歌」中的一首。六道，指眾生
輪迴的六道——地獄、餓鬼、畜生、修羅、人、天，相對於無妄念
的淨土而言，是仍有妄念的六種世界。畜生是六道中的三惡道之
一，因前世的惡行轉生為畜生。神樂歌，祭神的舞樂中唱的歌。

132〔山家集：904〕

　　啊，如何能讓

　　此身清純

　　無暗影，且將

　　心中月光

　　磨得更亮？

☆いかでわれ清く曇らぬ身になりて心の月の影を磨かん

ikade ware / kiyoku kumoranu / mi to narite / kokoro no tsuki no /
kage o migakan

譯註：此詩有題「心中所思之事」，下面兩首亦是。

133〔山家集：905〕

　　我怎能

　　一日一日過活

　　而不知其為一條

　　無可逃遁

　　通向死亡之路？

☆遁れなくつひに行くべき道をさは知らではいかが過ぐべかり
ける

nogarenaku / tsui ni ikubeki / michi o sa wa / shirade wa ikaga /
sugubekarikeru

134〔山家集：907〕

　　人若不知

　　佛道，不思

　　來世之事，豈不

　　劣於野地

　　無枝之樹？

☆野に立てる枝なき木にも劣りけり後の世知らぬ人の心は

no ni tateru / eda naki ko ni mo / otorikeri / nochi no yo shiranu / hito
no kokoro wa

135〔山家集：909〕

　　這令人厭棄的

　　塵世

　　若無深山，

　　將往何處

　　隱我身？

☆いづくにか身を隠さまし厭ひても憂き世に深き山なかりせば

izuku ni ka / mi o kakusamashi / itoite mo / ukiyo ni fukaba / yama
nakariseba

譯註：此詩與下一首有題「五首述懷」，為其中第二、三首。此詩謂
幸好這可厭的無常浮世仍有深山容我出家、隱遁之身。被選入《千
載和歌集》中。

140

136 〔山家集：910〕

　　我以山村
　　為隱我
　　此身憂愁之處——
　　我心有所尋
　　住此澄我心

☆身の憂さの隠れ家にせん山里は心ありてぞ住むべかりける

mi no usa no / kakurega ni sen / yamazato wa / kokoro arite zo / sumu

bekarikeru

譯註：日語「住む」（sumu，居住）與「澄む」（sumu，清澄、清靜）
同音，為雙關語。

137 〔山家集：914〕

　　心之水，初

　　淺淺流出

　　漸行漸澄澈

　　繼而滿

　　且深哉！

☆浅く出でし心の水や湛ふらんすみ行ままに深くなるかな
asaku ideshi / kokoro no mizu ya / tatōran / sumiyuku mama ni /
fukaku naru kana

譯註：此詩有題「在仁和寺御室處，詠道心逐年深之事」。仁和寺御
室，指覺性法親王（1129-1169），為鳥羽天皇第五皇子，僧人、歌
人，母為待賢門院璋子。仁和寺位於京都西郊，為宇多天皇創建之
真言宗寺院。覺性法親王家集《出觀集》中有題為「道心追歲深」
之歌。「心」（道心，求道、悟道的心）之水，越（修）行越清澈，
滿盈，深邃。日語原詩中「すみ」（sumi），有「澄み」（清澄）與「住
み」（居住）兩個意思。

138〔山家集：937〕

　　在這個我已斷

　　有客來訪之念的

　　山村裡，如果

　　沒有寂寞在

　　會過得多難受啊！

☆訪ふ人も思ひ絶えたる山里のさびしさなくは住み憂からまし
tou hito mo / omoitaetaru / yamazato no / sabishisa nakuba /
sumiukaramashi

139〔山家集：938〕

　　我全心全意

　　感應

　　拂曉暴風雨中

　　傳來的

　　鐘聲……

☆暁の嵐にたぐふ鐘の音を心の底にこたへてぞ聞く
akatsuki no / arashi ni tagū / kanenooto o / kokoro no soko ni / kotaete
zo kiku

譯註：此詩被選入《千載和歌集》中。

140〔山家集：943〕
　　每次汲水
　　總覺得
　　映在井水裡的
　　心，又
　　更清澈了

☆何となく汲むたびに澄む心かな岩井の水に影映しつつ
nanitonaku / kumu tabi ni sumu / kokoro kana / iwai no mizu ni / kage
utsushitsutsu

141〔山家集：944〕
　　山中強風稍歇
　　稍歇時
　　聽到的水之音，
　　是孤寂草庵的
　　友伴

☆水の音はさびしき庵の友なれや峰の嵐の絶え間絶え間に
mizu no oto wa / sabishiki io no / tomo nare ya / mine no arahshi no /
taema taema ni

譯註：此首西行短歌裡的水之音（水の音），似乎為五百年後芭蕉那
首著名「蛙俳」裡的水聲——「古池——／青蛙躍進：／水之音」（古
池や蛙飛びこむ水の音）——先定了音。

144

142 〔山家集：946〕

　　自山頂穿越

　　強風肆虐的樹林

　　蜿蜒而下的

　　谷間清水，如今

　　終得映月

☆嵐越す峰の木の間を分来つつ谷の清水に宿る月影

arashi kosu / mine no konoma o / wakekitsutsu / tani no shimizu ni /
yadoru tsukikage

譯註：此詩呈現歷經人生苦難，一步步得悟後，心澄明如谷間清水
之境。

143 〔山家集：949〕

　　我庵

　　無人來

　　訪──訪客唯

　　自樹間

　　穿入的月光

☆尋来て言問ふ人のなき宿に木の間の月の影ぞさし来る

tazunekite / kototou hito no / naki yado ni / konoma no tsuki no / kage
zo sashikuru

144〔山家集：955〕

　　我庵漏雨

　　濕淋淋

　　但我心喜悅──

　　我想到從縫隙間

　　滲進的月光

☆濡るれども雨洩る宿のうれしきは入りこん月を思ふなりけり

nururedomo / ame moru yado no / ureshiki wa / irikon tsuki no /
omou narikeri

145〔山家集：959〕

　　一陣風起

　　打亂了整齊飛行的

　　雁列，雁鳴聲

　　此起彼落

　　嘈雜混亂

☆連ならで風に乱れて鳴く雁のしどろに声の聞ゆなる哉

tsuranarade / kaze ni midarete / naku kari no / shidoro ni koe no /
kikoyu naru kana

146〔山家集：964〕

    雪珠打在

    枹樹枝編的籬笆邊

    乾枯落葉上的

    聲音，聽起來很像

    有人來訪

☆霰にぞ物めかしくは聞えける枯れたる楢の柴の落葉は

arare ni zo / monomekashiku wa / kikoekeru / karetaru nara no / shiba no ochiba wa

譯註：日文原詩中的「物めかし」（monomekashiku），意為「好像是一個人」。

147〔山家集：965〕

    在這樹枝籬笆

    圍起的草庵，

    風也像路過的

    遊客一樣

    過門而不入

☆柴かこふ庵の内は旅だちて素通る風もとまらざりけり

shiba kakou / ori no uchi wa / tabidachite / sudōru kaze mo / tomarazarikeri

148〔山家集：969〕

被無一絲暗影的月
照了一整夜，
打磨得晶晶亮亮
清晨稻葉上
閃閃發光的露珠……

☆光をば曇らぬ月ぞ磨きける稻葉にかかる朝日子の玉
hikari oba / kumoranu tsuki zo / migakikeru / inaba ni kakaru /
asahiko no tama

149〔山家集：991〕

山深——
霧靄籠罩，
來茅舍
探訪者，唯
黃鶯的啼鳴

☆山深み霞こめたる柴の庵に言問ふ物は鶯の声
yama fukami / kasumi kometaru / shibanoioni / koto tou mono wa /
uguisu no koe

150 〔山家集：993〕

在黃鶯啼聲中
悟道
實非易事──
聞其音讓人喜
但倏忽無常矣

☆鶯の声に悟りを得べきかは聞く嬉しきも儚かりけり
uguisu no / koe ni satori o / ubeki kawa / kiku ureshiki mo /
hakanakarikeri

151 〔山家集：996〕

山櫻啊，如果
對你都一樣的話，
請在月明時
綻放吧，我們將
通宵賞花！

☆同じくは月の折咲け山桜花見る夜半の絶え間あらせじ
onajiku wa / tsuki no ori sake / yamazakura / hana miru yowa no /
taema araseji

152〔山家集：997〕

暮色陰森，
一隻鴿子在
荒野峭壁
一棵樹上
聲聲呼喚友伴

☆古畑の岨の立つ木にゐる鳩の友呼ぶ声のすごき夕

furuhata no / soba no tatsu ki ni / iru hato no / tomo yobu koe no /
sugoki yūgure

譯註：此詩被選入《新古今和歌集》中。

153〔山家集：1026〕

籬笆花叢中
親密穿梭
飛舞的蝴蝶，其生
其歡倏忽即逝
卻令人稱羨

☆籬に咲く花に睦れて飛ぶ蝶の美しきも儚かりけり

mase ni saku / hana ni mutsurete / tobu chō no / urayamashiki mo /
hakanakarikeri

150

154〔山家集：1035〕

　　就像失意的人

　　滴滴流下的

　　淚──一遇

　　寒風吹，櫻花

　　片片灑落

☆侘び人の涙に似たる桜かな風身にしめばまづこぼれつつ

wabibito no / namida ni nitaru / sakura kana / kaze mi ni shimeba /

mazu koboretsutsu

譯註：詩中「失意的人」，殆指出家遁世的西行自身。

155〔山家集：1036〕

　　入吉野山

　　想就此住下

　　不再離去，

　　候我之人卻想：

　　櫻花終有落盡時……

☆吉野山やがて出でじと思ふ身を花散りなばと人や待つらむ

yoshinoyama / yagate ideji to / omou mi o / hana chirinaba to / hito ya

matsuran

譯註：此詩被選入《新古今和歌集》中。

156〔山家集：1037〕

　　無人來訪，

　　我心

　　不受擾——

　　山背後寒舍

　　正是絕妙賞花地！

☆人も来ず心も散らで山陰は花を見るにも便りありけり

hito mo kozu / kokoro mo chirade / yamakage wa / hana o miru ni mo
/ tayori arikeri

157〔山家集：1039〕

　　　和受了風寒的

　　　我一樣，矮竹也

　　　受風之苦，

　　　起起臥臥，飽受

　　　折騰，不安

☆我なれや風を煩ふ篠竹は起き臥し物の心細くて

ware nare ya / kaze o wazurau / shinodake wa / okifushi mono no /

kokorobosokute

譯註：日文「風」與「風邪」（感冒、傷風）雙關語，發音皆為「か
ぜ」（kaze）。「煩ふ」（わづらふ），即「煩う／患う」（わずらう：
wazurau），苦惱、煩惱，患病、生病之意。「篠竹」（しのだけ），
中文稱矮竹、小竹，細而小的竹子。

158 〔山家集：1062〕

　　從聽說春已至
　　那天起，
　　不知為何
　　我的心即被
　　吉野山所牽絆……

☆何となく春になりぬと聞く日より心にかかるみ吉野の山

nani to naku / haru ni narinu to / kiku hi yori / kokoro ni kakaru /

miyoshino no yama

譯註：日文原詩中「み吉野」（miyoshino）是吉野的美稱，大和國
（今奈良縣）歌枕。「み」（mi）是美稱的接頭語。

159〔山家集：1068〕

　　猶識路

　　回老巢的

　　黃鶯──啊，你

　　是否已倦於落腳

　　於旅途上的窩？

☆思ひ出て古巣に帰る鶯は旅のねぐらや棲み憂かりつる

omoidete / furusu ni kaeru / uguhisu wa / tabi no negura ya / sumi
ukaritsuru

譯註：此詩有前書「在黃鶯絕鳴已久的我住的山谷中，又聽到了黃
鶯的聲音」。

160 〔山家集：1070〕

我想續拾

昔日戀花

之心，住在

吉野鄉間

再看櫻花

☆花を見し昔の心あらためて吉野の里に住まんとぞ思ふ

hana o mishi / mukashi no kokoro / aratamete / yoshino no sato ni /
suman to zo omou

譯註：此詩有前書「行腳各國，於春天時歸來，欲前往吉野，有人
問我此次將落腳何處，我答以此」。

161 〔山家集：1089〕

　　草木都望風
　　披靡了，
　　這狂風之音
　　怎有可能不讓
　　我心清澄？

☆いかでかは音に心の澄まざらん草木も靡く嵐なりけり
ikadeka wa / oto ni kokoro no / sumazaran / kusakimonabiku /
arashinarikeri

162 〔山家集：1094〕

　　京城人們看到的
　　巍峨皇宮
　　上空之月，和我
　　旅途上仰望的
　　是同一個嗎？

☆都にも旅なる月の影をこそおなじ雲井の空に見るらめ
miyako ni mo / tabi naru tsuki no / kage o koso / onaji kumoi no / sora
ni miru rame

譯註：此詩有前書「人在伊勢修行，月明時，依然想起京城」。日語
「雲井」（くもい：kumoi）可指雲霄、天上，亦可指皇宮、都城。

157

163〔山家集：1099〕

以草為枕，旅夜

露宿：滴在我

袖上的露水

在京城的那人

夢中或許見到

☆草枕旅なる袖に置く露を都の人や夢に見ゆらん

kusamakura / tabi naru sode ni / oku tsuyu o / miyako no hito ya /
yume ni miyuran

譯註：此詩有題「旅歌」。日語「草枕」，意為旅途中露宿野外，也
可指旅行在外過夜、投宿。

164〔山家集：1100〕

當初越過的

那些障蔽

京城的山，

如今都隱沒於

霧靄中……

☆越え来つる都隔つる山さへにはては霞に消ぬめるかな

koe kitsuru / miyako hedatsuru / yama sae ni / hate wa kasumi ni /
kienumeru kana

165 〔山家集：1103〕

　　心繫著被山城

　　美豆的牧草

　　繫住了的那匹馬，

　　我這匹馬無精打采地

　　獨自繼續上路

☆山城の美豆のみ草に繋がれて駒物憂げに見ゆる旅哉

yamashiro no / mizu no mikusa ni / tsunagarete / koma monouge ni /
miyuru tabi kana

譯註：此詩有前書「在西國（近畿以西）地區修行，至美豆一地，
慣常與我同行的友伴其親人生病，遂不能伴我同行」。此「慣常與我
同行的友伴」指西行的好友西住法師（參閱第118首譯詩譯註）。美
豆，在山城國（今京都府南部）綴喜郡，皇室牧場所在。西行此詩
頗動人，將西住比作是掛念著「山城美豆的牧草」（即生病的親人）
因而留在美豆的一匹馬，而自己是心繫著好友西住，無精打采、獨
自繼續前行的一匹馬。此詩充分顯現出兩人間深厚情誼，可能為
1152或1153年左右，西行首次行腳「西國地區」時之作（參閱第68
首譯詩譯註）。

159

166〔山家集：1104〕

　　若不曾見此

　　深山

　　清澄明月，

　　此生記憶

　　將一片空白

☆深き山に澄みける月を見ざりせば思出もなき我身ならまし

fukaki yama ni / sumikeru tsuki o / mizariseba / omoide mo naki /

wagami naramashi

譯註：此詩有前書「在大峰山深仙此處，見月而詠之」。大峰山指大
和國（今奈良縣）大峰山，是修驗道的聖地，深仙為入山者行灌頂
儀式之處。西行此詩謂深仙深山上空清澄的明月，神聖而神秘地深
印在他心中，讓他此生的記憶不致一片空白。此詩與下一首詩皆為
西行在大峰山從事「山伏」修行（山野中修行）時所作之歌。

167 〔山家集：1110〕

月亮彷彿也

知我悲傷，讓

其光從樹梢漏下

挾露水的淚

一起灑落⋯⋯

☆梢洩る月もあはれを思ふべし光に具して露のこぼるる
kozue moru / tsuki mo aware o / omoubeshi / hikari ni gushite / tsuyu
no koboruru

譯註：此詩有前書「在倍伊知（平治）此處停留時，見月光穿過樹
梢映照於我袖上露滴中」。西行無愧是意象與比喻的大師，寫下這
首將「美麗的哀愁」推到極致的絕美之詩。月亮同情備嘗修行、漂
泊之苦的西行，為他灑下了融亮度（光）與濕度（枝葉上的露水）
於一體，視覺（光）與觸覺（露水）聯覺、交鳴的晶瑩淚珠⋯⋯。

168〔山家集：1122〕

　　秋將盡也
　　你將回到京城，
　　外地旅途上的我們
　　頭上天空忽然
　　有了哀傷的顏色

☆秋は暮れ君は都へ帰りなばあはれなるべき旅の空かな

aki wa kure / kimi wa miyako e / kaeri naba / aware narubeki / tabi no
sora kana

譯註：此詩有前書「我們去洗含有鹽分的溫泉，同行的一個人，在
陰曆九月最後一天回京城，我代作了此首贈歌」。「同行的一個人」
指此首贈歌的對象「大宮女房加賀」，《山家集》此詩之後收錄有她
的答歌。「大宮女房加賀」是「大宮」藤原多子（近衛、二條兩天皇
的皇后）之女官，又稱「待賢門院加賀」，《千載和歌集》中收有其
歌作一首。此處溫泉大概是在今兵庫縣的有馬溫泉。加賀的答歌
（山家集：1123）如下——

我將別君
而去，天空也似要
代我灑下露水的
淚珠，秋將盡矣
歸途上心戚戚

☆君を置きて立ち出る空の露けさに秋さへ暮るる旅の悲しさ
（大宮女房加賀）

kimi o okite / tachiizuru sora no / tsuyukesa ni / akisa e kureruru / tabi
no kanashisa

169〔山家集：1147〕
　　此世來世，不管
　　節節相連多少
　　世，需專一修練
　　如挺立之竹柱
　　不變其節

☆世々経とも竹の柱の一筋に立たる節は変らざらなん
yoyo futomo / take no hashira no / hitosuji ni / tatetaru fushi wa /
kawarazaranan

譯註：此詩有前書「訪一位出家遁世居於嵯峨之人，談及為未來世安樂須日日勤於修行。歸去時，見一挺立之竹柱，乃作此詩」。嵯峨，在京都西部地區（今京都市右京區）。日文原詩中「世々」（よよ，音yoyo，指世世代代，或過去、現在、未來三世）與「節々」（よよ，竹子一節一節）同音，是雙關語。

164

170 〔山家集：1153〕

　　射入窗的

　　夕照方消隱，

　　又變生出

　　新的光──

　　啊，黃昏之月

☆射し来つる窓の入日を新ためて光を変ふる夕月夜哉

sashikitsuru / mado no irihi o / aratamete / hikari o kauru / yūzukuyo
kana

譯註：此詩有前書「夕暮之光逐漸隱沒時，月光又穿窗而入」。

171〔山家集：1157〕

　　不知何故，我對你的
　　愛從昔延伸至今，遍佈
　　此橋，持續發光：唯一可
　　與爭輝的是橋上我們曾
　　共看的如今夕之明月

☆こととなく君恋渡る橋の上に争ふ物は月の影のみ

kototonaku / kimi koi wataru / hashi no ue ni / arasou mono wa / tsuki no kage nomi

譯註：此詩有前書「高野山奧院附近橋上，月亮格外分明，我憶起與西住上人整夜在橋上共賞月之景，那是在他啟程前往京城前。那夜的月亮永難忘。今我又於明月下同一橋上，心有所思，欲寄西住上人」。「奧院」是真言宗開山祖弘法大師空海（774-835）圓寂處，是高野山中最神聖之地。橋指奧院外玉川上之橋。西行出家前，即與西住結識，求道、悟道漫長路上，同行、同住有時，真是志同道合，情深意厚的一生知交、基友。西住臨終病危時，西行曾下山照料（參閱第118首譯詩），並將其遺骨帶回高野山。此處西住回覆西行的短歌頗有意思，以平安時代女歌人詼諧、嬌嗔口吻，再現、變奏了西行原詩中幾個片語，讓此組贈答歌讀來好像男女之間的相聞歌／戀歌。西住的答歌（山家集：1158）如下——

我猜想，你所思
並非真是我——
在你心中爭輝的，唯
昔日橋上我們共看
之月與今夕之月

☆思ひやる心は見えで橋の上にあらそひけりな月の影のみ（西
住）

omoiyaru / kokoro wa mie de / hashi no ue ni / araso hikeri na / tsuki
no kage nomi

172〔山家集：1194〕

　潮染

　紫紅色小貝

　可拾之——

　這大概是稱為

　「色濱」之因！

☆潮染むるますほの小貝拾ふとて色の浜とは言ふにやあるらん

shiojimuru / masō no kogai / hirou tote / ironohama to wa / iu ni ya

aruran

譯註：色濱（日文「色の浜」、「色浜」或「種浜」：いろのはま），
地名，為越前國之歌枕，在今福井縣敦賀市，敦賀灣西北部海岸。
原詩中「ますほの小貝」即「真赭小貝」，紫紅色雙殼貝，為色濱
（種濱）名產。芭蕉《奧之細道》「種濱」一章，記其於元祿二年
（1689年）八月十六日當日，「雨過天晴，欲拾紫紅色小貝，乘船前
往種濱」；底下俳句即是當時所作——「白浪碎身沙上——／啊，小
小的貝殼／和萩花的碎瓣……」（浪の間や小貝にまじる萩の塵）。

173〔山家集：1198〕

山深——
早聞其幽寂
殆如是：聽
山澗水流聲
果然令人悲

☆山深みさこそあらめと聞えつつ音あはれなる谷の川水

yama fukami / sa koso arame to / kikoetsutsu / oto aware naru /
tanigawa no mizu

譯註：此處這十首每首皆以「山深」起始的短歌連作（譯詩第173
至182首），有前書「皈依佛門的寂然住在大原時，我從高野寄贈給
他」。這組贈詩描繪西行在晚秋的高野生活的情景，大原山村裡的
寂然收到後也回以十首答詩。寂然（1118-?），俗名藤原賴業，官
人、僧人、歌人，「大原三寂」（辭官出家的寂念、寂超、寂然三兄
弟）之一，與西行相交甚深，《山家集》中除此處這組詩外，另收錄
有八組西行與他之間的贈答歌。

169

174〔山家集：1199〕

　　山深──
　　把一片片高聳的樹的
　　葉子區分開的
　　月光，既強勁
　　又淒美

☆山深み真木の葉分くる月影ははげしき物のすごき成けり

yama fukami / maki no ha wakuru / tsuki kage wa / hageshiki mono
no / sugokinarkeri

譯註：日文原詩中的「真木」（まき：maki），殆指杉樹、檜樹之類
的良材之樹──「真」（ま）為美稱，「木」（き）日文之意即樹。

175〔山家集：1200〕

　　山深──
　　窗前唯一閑得
　　無事來訪的是
　　葉子已開始變紅的
　　野漆樹高伸之枝

☆山深み窓のつれづれ訪ふものは色づき初むる櫨の立枝

yama fukami / mado no tsurezure / tō mono wa / irozuki somuru / haji
no tachi eda

176 〔山家集：1201〕

山深——
猿猴們在
青苔鋪成的
席子上
天真啼叫

☆山深み苔の筵の上にゐて何心なく啼く猿かな

yama fukami / koke no mushiro / no ue ni ite / nanigokoronaku / naku
mashira kana

177〔山家集：1202〕

　　山深──
　　且蓄岩間
　　滴落水，
　　一邊撿拾已開始
　　掉下來的橡實

☆山深み岩にしだるる水溜めんかつがつ落つる橡拾ふほど

yama fukami / iwa ni shidaruru / mizu tamen / katsugatsu otsuru / tochi hirō hodo

譯註：日文原詩中的「橡」，指橡實（橡の実：とちのみ），又稱橡子、橡栗、橡果。此詩敘述秋未盡前，及早取水、拾橡實，以作為山中過冬的食物。《列子》中有「夏日則食菱芰，冬日則食橡栗」的描述。杜甫〈八哀詩〉中有「履穿四明雪，饑拾楢溪橡」之句。芭蕉《奧之細道》「須賀川」一章中，言其於驛舍附近見一大栗樹，樹下隱棲一僧，遂讓他想起前人「深山拾橡實」之歌──所指即西行此詩。

178〔山家集：1203〕

　　山深——
　　聽不到熟悉的
　　布穀鳥鳴，唯聞
　　貓頭鷹
　　可怕的叫聲

☆山深み気近き鳥の音はせで物恐しき梟の声

yama fukami / kejikaki tori no / oto wa sede / mono osoroshiki /
fukurō no koe

179〔山家集：1204〕

　　山深——
　　吹過山頂陰暗
　　茂密樹梢的
　　暴風
　　森嚴令人畏

☆山深み木暗き峰の梢よりものものしくも渡る嵐か

yama fukami / koguraki mine no / kozue yori / monomonoshiku mo /
wataru arashi ka

180〔山家集：1205〕

　　山深──
　　是在
　　砍柴吧，斧頭的
　　聲音此起彼落
　　很熱鬧……

☆山深み榾切るなりと聞えつつ所にぎはふ斧の音かな
yama fukami / hoda kiru nari to / kikoe tsutsu / tokoro nigiwau / ono
no oto kana

譯註：日文原詩中的「榾」（ほだ：hoda），指用來作為柴火的樹椿、
木頭。

181〔山家集：1206〕

　　山深──
　　進入後，所見
　　所見眾物，皆
　　讓人心動神蕩
　　興歎

☆山深み入りて見と見る物は皆あはれ催すけしきなる哉
yama fukami / irite mi to miru / mono wa mina / aware moyōsu /
keshiki naru kana

182 〔山家集：1207〕

　　　山深——

　　　與馴鹿的

　　　日日親近

　　　正說明

　　　我離世遠矣

☆山深み馴るる鹿のけ近さに世に遠ざかるほどぞ知らるる

yama fukami / naruru kasegi no / kejikaki ni / yo ni tōzakaru / hodo
zo shiraruru

譯註：寂然收到西行以上十首贈詩後，所寫的十首答詩也很有意
思，都以「大原の裡」（大原山村）結尾。大原，屬山城國（京都
府），在今京都市左京區，比叡山西麓，乃隱棲之地。下面是寂然
十首答詩中的第一首（山家集：1208），中文譯詩裡我們把「大原山
村」置於詩開頭——

　　　大原山村

　　　有多孤寂？

　　　我想讓你在

　　　高野山猜猜看

　　　深秋夕暮時

☆哀さはかうやと君も思ひやれ秋暮れ方の大原の里（寂然）

awaresa wa / kauya to kimi mo / omoi yare / aki kurekata no /
ōharanosato

183 〔山家集：1227〕

世事如是，
而月亮清澄一如
既往，閃耀
不變光芒——
見此更令我抱恨

☆かかる世に影も変らず澄む月を見る我身さへ恨めしきかな
kakaru yo ni / kage mo kawarazu / sumu tsuki o / miru wagami sae /
urameshiki kana

譯註：詩中的「世事如是」，指的是發生於1156年7月的日本的內戰
「保元之亂」——對陣雙方為後白河天皇和其支持者平清盛、源義朝
等，以及崇德上皇和其支持者平忠正、源為義等。戰鬥結果，西行
頗同情的崇德上皇這方敗陣，崇德上皇投降、出家，避於仁和寺，
後被流放至讚岐國（今四國島香川縣）。

184〔山家集：1237〕

　　讓心池
　　起起伏伏的
　　水波平息——
　　如今我靜候
　　蓮花開

☆波の立つ心の水を鎮めつつ 咲かん蓮を今は待っ哉

nami no tatsu / kokoro no mizu o / shizumetsutsu / sakan hasu o / ima
wa matsu kana

185〔山家集：1247〕

　　梅花香氣
　　深染
　　我心——但
　　未摘到手，就非
　　真屬你所有啊

☆心には深く染めども梅の花折らぬ匂ひはかひなかりけり

kokoro ni wa / fukaku shimedono / ume no hana / oranu nioi wa / kai
nakarikeri

186〔山家集：1269〕

本以為能苟活至
與伊一見，此生
已足──豈料
見後更想見，
我心悔矣……

☆逢ふまでの命もがなと思ひしは悔しかりける我が心かな

au made no / inochi mogana to / omoishi wa / kuyashikarikeru / waga
kokoro kana

187〔山家集：1299〕

並非留置露水的
草葉──但
思想起伊人，
秋日夕暮
我的袖子又濕了

☆草の葉にあらぬ袂も物思へば袖に露置く秋の夕暮

kusa no ha ni / aranu tamoto mo / mono omoeba / sode ni tsuyu oku /
aki no yūgure

178

188〔山家集：1302〕

不知可有和我

一樣，為思念

而苦的人──我

要去找他，

即使遠在中國！

☆我ばかり物思ふ人や又もあると唐土までも尋てしがな

ware bakari / mono omou hito ya / mata mo aru to / morokoshi made
mo / tazunete shigana

189〔山家集：1337〕

此戀將無果

而終嗎？我身

是悲歎的

源頭，空洞

如蟬殼

☆むなしくてやみぬべきかな空蝉の此身からにて思ふ歎きは

munashikute / yaminubeki kana / utsusemi no / kono mi kara nite /
omou nageki wa

190〔山家集：1348〕

　　這讓人憎厭的

　　人世

　　不值得活的——

　　惟你在其中

　　我願苟活

☆とにかくに厭はまほしき世なれども君が住むにも引かれぬるかな

tonikaku ni / itowamahoshiki / yo naredomo / kimi ga sumu ni mo /
hikarenuru kana

191〔山家集：1349〕

　　還有什麼事

　　能讓我決意遁世

　　出家？當初冷淡

　　待我的那人，如今

　　我欣然感激她

☆何事につけてか世をば厭はまし憂かりし人ぞ今はうれしき

nanigoto ni / tsukete ka yo oba / itowamashi / ukarishi hito zo / kyō
wa ureshiki

192〔山家集：1350〕

　　那夜我們在夢中

　　相逢相抱，啊真希望

　　永不要醒來──雖然

　　長眠，無明長夜永眠

　　他們說是痛苦的

☆逢ふと見しその夜の夢の覚めであれな長き眠りは憂かるべけ
れど

au to mishi / sono yo no yume no / samede arena / nagaki neburi wa /
ukarubekeredo

譯註：日文「逢ふ」（あふ，音 au，相逢）與「合ふ」（あふ，音
au，此處指「抱合」〔だきあふ：dakiau，相抱〕）同音，為雙關語。
譯詩中之「無明長夜」為佛教語，意謂陷於煩惱中而不見不可思議
之光明（不明真理）。

181

193 〔山家集：1355〕

　　就算昔日

　　高居京城金殿

　　玉座，上皇啊，

　　死了後

　　這一切又如何？

☆よしや君昔の玉の床とてもかからん後は何にかはせん

yoshiya kimi / mukashi no tama no / yuka totemo / kakaran nochi wa
/ naninikawasen

譯註：此詩有前書「在白峰御墓」，歎金枝玉葉的帝王之軀埋骨遙遠
四國島上，不管生前有多大權力，死後皆化為烏有。白峰，位於讚
岐國綾歌郡松山村，崇德上皇（1119-1164）陵墓所在。日文原詩中
的「床」（ゆか，音yuka），可指床榻、寢室、地板或高座。西行大
約於1167年（一說1168年）10月開始其「四國・中國地區之旅」（「四
國」指四國島及其周邊小島，位於日本西南部，北臨瀨戶內海，南
瀕太平洋；「中國」地區位於日本本州西部，南臨瀨戶內海，北瀕日
本海）。西行四國旅行的目的，主要是參拜白峰御陵，以及參詣位
於真言宗弘法大師空海出生地的善通寺。西行此行中所寫這首給崇
德上皇之詩，流傳頗廣，先後再現於12世紀的《撰集抄》，13世紀
的《古事談》、《東關紀行》、《保元物語》、《西行物語繪卷》、《沙
石集》，其後的《源平盛衰紀》、《雨月物語》等書，以及能劇《松
山天狗》中，也算是一首對死後在傳說與野史中被描述為一大「怨
靈」的這位上皇之靈，表達寬慰之意的「安魂歌」。此處中譯第193
至202首，是西行此次「四國・中國之旅」中寫成之作。

194〔山家集：1356〕

　　從無一絲暗影的

　　此山遠眺：被月光

　　照亮的海面冷澈

　　如冰，海中幾座島

　　是冰上的縫隙

☆曇りなき山にて海の月見れば島ぞ氷の絶え間なりける

kumori naki / yama nite umi no / tsuki mireba / shima zo kōri no /
taemanarikeru

譯註：此詩有前書「我結庵於讚歧國弘法大師曾住過的山上，月明
時，可見清朗大海」。此詩想像力華美、奇特──將映照著皎潔、
冷澈月光的（平靜、實際上並未結凍的）海面，比作是結了一層冰，
應是前人未有之獨到之眼。更有趣的是把瀨戶內海上的諸小島，比
作是冰上暗暗的裂縫、縫隙，何等大膽又精準的巧喻！西行真是一
個比喻和意象的大師。我們相信，成就此事絕非光憑想像，其動力
一大部分來自行腳各地的西行對自然界的直接觀察，方能為我們留
下如是原創的視覺形象。

195〔山家集：1358〕

> 長壽的
> 松啊，屆時
> 請為我的來世
> 祈福吧，我死後
> 無人會想起我

☆久に経てわが後の世を問へよ松跡偲ぶべき人もなき身ぞ

hisa ni hete / waga nochi no yo o / toe yo matsu / ato shinobubeki /
hito mo naki mi zo

譯註：此詩有前書「見立於我草庵前之松」。

196〔山家集：1359〕

> 我若倦於
> 住於此地，再次
> 漂泊他方——
> 松樹啊，你將
> 何其孤單！

☆ここをまたわれ住み憂くて浮かれなば松は独りにならんとすらん

koko o mata / ware sumiukute / ukarenaba / matsu wa hitori ni / naran
to suran

197〔山家集：1360〕

　　雪降時
　　唯松下仍
　　坐擁綠空——
　　放眼望去，山路
　　一片純白

☆松の下は雪降る折の色なれや皆白妙に見ゆる山路に

matsu no shita wa / yuki furu ori no / iro nare ya / mina shirotae ni /
miyuru yamaji ni

譯註：此詩為西行於1167年（一說1168年）在讚岐國善通寺（位於
弘法大師空海出生地的真言宗名寺，在今香川縣善通寺市）山中草
庵過冬時所詠之作。此詩意象、比喻誠「白／妙」——放眼一片白，
唯有頭上綠。

198〔山家集：1364〕
　　快哉，這雪
　　來得正是時候，
　　掩埋了山路
　　當我正想
　　閉門幽居時

☆折しもあれうれしく雪の埋む哉かき籠りなんと思ふ山路を
orishimo are / ureshiku yuki no / uzumu kana / kakikomorinan to /
omou yamaji o

199 〔山家集：1372〕

啊，第一個
在海邊舉起竿
捕釣糠蝦者，
其罪，誠
眾罪中之最也！

☆立て初むる醬蝦採る浦の初竿は罪の中にもすぐれたるかな

tatesomuru / ami toru ura no / hatsusao wa / tsumi no naka ni mo /
suguretaru kana

譯註：此詩為西行在「中國地區」的備前國（今岡山縣東南部）準
備渡海往讚岐國時，見漁人在海濱捕「糠蝦」時所作。此詩有前書
「當我要往備前國『兒島』此島時，看到在一個地方人們在捕糠蝦，
每個人各就其位，手持一根上頭有袋子的長竿。第一個舉竿捕釣
者，稱之為『初竿』，由筆直站立於最中央的一位年長者擔任之。當
我聽到他們說將釣竿『立起』這話時，我眼淚掉了下來，我無言以
對，寫了這首詩」。糠蝦（即「醬蝦」），屬軟甲綱糠蝦目，色白、
體長幾公分、類似蝦之小動物。漁人捕糠蝦時，由最年長者第一個
舉竿捕釣，稱為「初竿」（第一竿）。當西行聽見他們說出（將釣竿）
「立起／舉起」（立つる：tatsuru）一詞時，他無語地流下淚，因為
「立つる」一詞也是向神佛立誓時所發之詞。西行此歌認為殺生時吐
出「立誓」之言，罪孽似乎更加一等。日文「醬蝦／糠蝦」（あみ：
ami）與「阿彌陀」（あみだ：amida；即阿彌陀佛）音相通，雖未構
成一語雙關的「掛詞」關係，但讀起來讓人聯想到「捕釣糠蝦」好
像「捕釣阿彌陀佛」，使此首短歌另具一種俳諧的輕鬆趣味。兒島，
今為兒島半島，西行的時代為屬於備前國兒島郡的一座島，是瀨戶

內海中的第二大島。江戶時代中期，通過在海域開拓新田與陸地相連，變成半島。

200〔山家集：1373〕

　　漁人們的小孩

　　走下去到

　　海灘，從撿

　　輕罪的螺開始

　　逐步學習罪

☆下り立ちて浦田に拾ふ海人の子はつみより罪を習ふ成けり

oritachite / urata ni hirtō / ama no ko wa / tsumi yori tsumi o /
naraunarikeri

譯註：此詩有前書「去日比、澀川，欲由此渡海往四國島，風很
大，遂停留等候。在澀川海邊，見很多小孩在撿東西，問他們撿什
麼，他們回答說撿『つみ』（tsumi，意為『螺』或『罪』）。聞後，
寫了此作」。日比、澀川在今岡山縣，是兒島南部的村子，日比是
往讚岐國（今四國香川縣）的港口。西行此詩頗有意思，以一語雙
關、既指海螺又指罪的「つみ」一詞為詩眼，巧妙地說漁人們的小
孩小時撿海螺，把輕小的螺弄到手時，也意外地得到「輕罪」，長大
後學會捕大魚時，其（殺生之）罪將更重矣。

201〔山家集：1374〕

　　從真鍋島
　　要到鹽飽島，
　　商人們划樂渡
　　罪海，販賣
　　價值可期的海產

☆真鍋より塩飽へ通ふ商人は罪を櫂にて渡る成けり

manabe yori / shihaku e kayō / akibito wa / tsumi o kai nite /
watarunarikeri

譯註：此詩有前書「商人們從京城來到真鍋島，販賣各色各樣貨
物，聽到他們接著要渡海到鹽飽島做生意時，我寫了此作」。真鍋
島，在鹽飽島之西的小島，屬備中國（今岡山縣）小田郡。鹽飽島，
屬讚岐國（今香川縣）仲多度郡，鹽飽群島中的本島。日文原詩中
的「櫂」（かひ：kai，槳之意）與「甲斐」（效果、價值之意）以及
「買ひ」（進貨之意）同音，為雙關（三關）語。

190

202〔山家集：1376〕

　　　漁人們

　　　急急忙忙

　　　進出蠑螺棲居的

　　　海峽岩穴，

　　　撈捕蠑螺！

☆栄螺棲む瀬戸の岩壺求め出でて急ぎし海人の気色成かな

sadae sumu / seto no iwatsubo / motome idete / isogi shi ama no /
keshiki naru kana

譯註：此詩有前書「在牛窗的海峽，見漁人們忙進忙出，撿取蠑
螺，將它們扔進舟中」。「牛窗的海峽」，指備前國邑久郡的牛窗與
前島之間的海域。牛窗，在今日本岡山縣的瀬戶內市，東及南臨瀬
戶內海。蠑螺的捕漁期為春季至初夏。

203 〔山家集：1380〕

辛勤工作完後

漁人們回家：

在一床海藻上是

小螺，蛤蜊

寄居蟹，扁螺……

☆海士人のいそしく帰るひしき物は小螺蛤寄居虫細螺

amabito no / isoshiku kaeru / hishikimono wa / konishi hamaguri /
gauna shitadami

譯註：此詩頗簡潔、生動地描繪漁人辛勞一日後，精神勃勃地回家
檢視自己今日的戰利品──以採回來的海藻（鹿尾菜藻）為鋪墊，
擺上小螺、蛤蜊、寄居蟹、扁螺等貝類，一幅孩童般對自己的「小
寶藏」沾沾自喜、自得的可愛畫面。但如果以佛家「殺生有罪」的
眼光看之，把喜悅建立在所獵取的小海產鮮活生命上此一景象，也
許就有些悲意了。日文原詩中的「ひしき物」（hishikimono）即「引
敷物」（ひしきもの：hishikimono，墊子、席子、被褥），與「鹿尾
菜藻」（ひじきも：hijikimo）一詞形成「掛詞」（諧音、雙關語）的
關係。鹿尾菜藻為鹿尾菜（ひじき，亦稱羊棲菜）古名，是屬褐藻
類的海藻。「細螺」（しただみ，又稱「扁螺」），屬螺科的一種迷你
貝。

204 〔山家集：1382〕

海風啊，把
菅島的小黑石和
答志島的小白石吹雜
在一起，讓它們
黑白混搭吧！

☆菅島や答志の小石分け替へて黒白混ぜよ浦の浜風

sugashima ya / tōshi no koishi / wake kaete / kuroshiro mazeyo / ura
no hamakaze

譯註：此詩有前書「伊勢答志島上，沙灘上只有白色的小石頭，連
一顆黑的都沒有。此島對面是菅島，那裡全是黑石頭」。答志，伊
勢國（今三重縣）歌枕，為伊勢灣最大的島嶼。

205〔山家集：1385〕

　　我想讓鷺鷥

　　和烏鴉

　　比賽圍棋——

　　用答志島和菅島

　　海濱的黑白石！

☆合はせばや鷺と烏と碁を打たば答志菅島黑白の浜

awasebaya / sagi to karasu to / go o utaba / tōshi sugashima /
kuroshiro no hama

譯註：此詩極妙，將石子顏色一黑一白、截然不同的兩島，和白黑
分明的鷺鷥、烏鴉兩鳥連結在一起，讓兩種鳥舉行「黑白對抗賽」、
黑白對弈，真是想像力飛躍！日文原詩最後一字「浜」（はま，海
濱），另一個意思指圍棋賽中從棋面上被提取之子，亦即對方被吃
下來的棋子——那麼幾場（或幾萬場）比賽下來，兩島石子豈不自
然黑白交雜，甚至連勝／連輸後，黑白徹底易位？這是雙關語造成
的有趣異境。更有趣、更令人好奇的是，棋賽如何展開？是以天空
為棋盤，黑白兩鳥各自從各據一方的菅島、答志島黑白兩棋盒，
銜子飛上天，短暫停格、定位對弈嗎？或者烏鴉和鷺鷥，以自身為
黑、白子，代表菅島與答志島，交互落子天際，或長考後，或一念
間，或徐或疾，以各自不同曼妙或笨拙飛姿或鳴叫聲標記棋勢，進
退、迴旋四方，讓棋賽同時成為一場芭蕾舞賽？如是，則此詩可譯
如下——

我想讓鷺鷥
和烏鴉
比賽圍棋——為
答志島、菅島海濱
黑白兩石軍代言！

206〔山家集：1413〕

我何時會
離此世的天空
隨月而去──
啊，美哉，
我當讚歎月！

☆いつか我この世の空を隔たらんあはれあはれと月を思ひて
itsuka ware / konoyo no sora o / hedataran / aware aware to / tsuki o
omoite

譯註：「離此世的天空隨月而去」，意謂死。此詩也讓人想及西行的
辭世詩「願在春日／花下／死，／二月十五／月圓時」（參閱第20
首譯詩）。

207〔山家集：1414〕

獨自一人看著
牽牛花，
驚覺──花已倏忽
短暫，花上露珠
尤倏忽短暫呢

☆露もありつ返すがへすも思知りてひとりぞ見つる朝顔の花
tsuyu mo aritsu / kaesugaesu mo / omoishirite / hitori zo mitsuru /
asagao no hana

208〔山家集：1417〕

　　雖已捨世出家，
　　依然覺得心繫
　　京城，覺得與此身
　　已棄離的人世
　　藕斷絲連⋯⋯

☆世中を捨てて捨てえぬ心地して都離れぬ我身成けり

yononaka o / sutete sute enu / kokochi shite / miyako hanarenu /

wagami narikeri

譯註：此詩應為西行出家後不久之作，對剛出家的自己求道之心似
乎仍不夠堅之反思。

209〔山家集：1422〕

　　深入吉野山中
　　並非為了看
　　月──但仰頭
　　望月，又讓我憶起
　　已棄絕的塵世

☆深く入は月ゆゑとしもなきものを憂き世忍ばんみ吉野の山

fukaku iru wa / tsuki yue to shimo / naki mono o / ukiyo shinoban /

miyoshino no yama

210〔山家集：1426〕
  宮瀧川
  水流湍急，
  涉水清涼行，
  你會感受到流淌
  到心底的澄淨

☆瀬を早み宮滝川を渡り行ば心の底の澄む心地する

se o hayami / miyatakegawa o / watariyukeba / kokoro no soko no /
sumu kokochi suru

譯註：本詩有題「往龍門」。龍門，指在大和國（今奈良縣）吉野郡
的龍門寺。宮瀧川，流經宮瀧一帶的吉野川的名稱。

211〔山家集：1432〕

　　我像白浪一樣
　　撥開雪越過
　　木曾吊橋彷彿
　　划槳向前行，雪
　　掩山谷不見底

☆波と見ゆる雪を分けてぞ漕ぎ渡る木曽の懸橋底も見えねば
nami to miyuru / yuki o wakete zo / kogiwataru / kiso no kakehashi /
soko mo mieneba

譯註：木曾吊橋（「木曽の懸橋」），信濃國（長野縣）上松宿和福
島宿之間的吊橋。此詩將跋涉過快被大雪積封的吊橋，比作「雪上
行舟」，比喻甚奇！

212〔山家集：1442〕

　　啊，未曾聽過的

　　束稻山，滿山

　　入眼皆櫻花，

　　吉野之外

　　竟有斯景！

☆聞きもせず束稲山の桜花吉野の外にかかるべしとは

kiki mo sezu / tawashineyama no / sakurabana / yoshino no hoka ni /
kakarubeshi towa

譯註：此詩有前書「往陸奧國平泉，在束稻山見滿山櫻花盛開，幾
乎無其他雜樹，美極壯極，遂詠之」。束稻山，在今岩手縣西南
部，為跨一關市、奧州市、平泉町三地之山。西行此詩詠於1148年
春，三十一歲時，為其第一次奧州之旅時之作。當時的束稻山，據
說植有千棵櫻樹。昔日的櫻樹現已蕩然無存，但他們在今日平泉町
長島字山田，種了約三千棵櫻樹，復活彼時西行見到的櫻山，名為
「西行櫻之森」。吉野山是日本首屈一指的賞櫻花名山。

213 〔山家集：1443〕

　　為了深山中
　　那些猶未謝落
　　未有人賞的櫻花，
　　布穀鳥啊，我們
　　入山一訪吧！

☆奥に猶人見ぬ花の散らぬあれや尋ねを入らん山時鳥

oku ni nao / hito minu hana no / chiranu are ya / tazune o iran /

yamahototogisu

譯註：日文原詩中的「山時鳥」（やまほととぎす：
yamahototogisu），即「時鳥」（ほととぎす：hototogisu），又有杜
鵑、郭公、布穀鳥等名。布穀鳥出現表示春已去、夏季到，櫻花恐
都已飄零殆盡，但山深處也許猶有未謝之花，遂有西行此作。

201

【百首】

214〔山家集：1453〕
　　去年留在吉野山
　　櫻樹下
　　落花間的那顆
　　心，正等著我
　　春到快快回呢

☆吉野山花の散りにし木の本にとめし心はわれを待つらん

yoshinoyama / hana no chirinishi / ko no moto ni / tomeshi kokoro wa / ware o matsuran

譯註：此處中譯214至216等首有題「花十首」，為其中第1、3、9首。

215〔山家集：1455〕
　　每個人
　　都到吉野山
　　去了──我想
　　我就留下來
　　陪京城的花吧

☆人はみな吉野の山へ入ぬめり都の花にわれはとまらん

hito wa mina / yoshinonoyama e / iri numeri / miyado no hana ni / ware wa tomaran

216〔山家集：1461〕

　　　吉野山麓，

　　　落花隨瀑布

　　　漂流而下，彷彿

　　　峰頂積雪一片片

　　　化為水落下

☆吉野山麓の滝に流す花や峰に積りし雪の下水

yoshinoyama / fumoto no taki ni / nagasu hana ya / mine ni tsumorishi

/ yuki no shitamizu

譯註：西行此詩將落花比作峰頂雪化，又彷彿是瀑布水花。冬天退
場、春天進場，同步進行的蒙太奇畫面。

217 〔山家集：1479〕

　　對於輪迴轉世後

　　想要追憶

　　此生經歷的人，

　　我能教的是：問問

　　天上的月！

☆何事か此世に経たる思ひ出を問へかし人に月を教へん

nanigoto ka / konoyo ni hetaru / omoide o / toekashi hito ni / tsuki o
oshien

譯註：此處中譯217至220首有題「月十首」，為其中第7、8、9、
10首。

218 〔山家集：1480〕

　　我深知
　　世上月光
　　未能常皎潔──
　　因為我
　　不時淚眼朦朧

☆思ひ知るを世には隈なき影ならず我が目に曇る月の光は
omoi shiru o / yo ni wa kuma naki / kage narazu / waga me ni kumoru
/ tsuki no hikari wa

219 〔山家集：1481〕

　　啊，不要
　　一直不斷想
　　此世多憂──
　　且看清澄明月
　　正當空

☆憂き世とも思ひ通さじおしかへし月の澄みける久方の空
ukiyo to mo / omoi tōsaji / oshikaeshi / tsuki no sumikeru / hisakata
no sora

220〔山家集：1482〕

　　月夜啊
　　請加我為好友，
　　告訴我
　　一個無人知的
　　住處吧！

☆月の夜や友とをなりて何処にも人知らざらん住処教へよ
tsuki no yo ya / tomo to o narite / izuku ni mo / hito shirazaran /
sumika oshieyo

221〔山家集：1492〕

　　遺憾啊，

　　多少年已過

　　我猶未能探入

　　雪山深處，

　　依然在山麓

☆悔しくも雪の深山へ分け入らで麓にのみも年を積みける

kuyashiku mo / yuki no miyama e / wakeirade / fumoto ni nomi mo /
toshi o tsumikeru

譯註：此詩為以「雪十首」為題的歌作中的第10首。西行以深山、
山麓，比喻悟道之深淺。稱自己在山麓，猶言未能登堂入室，一窺
純淨堂奧之妙，而仍在門階邊徘徊。

222〔山家集：1496〕
　　　我想見到你，
　　　和你親近地一起
　　　被綁著，紮染成
　　　成雙並列的花紋
　　　永不分離

☆君をいかで細かに結へる滋目結ひ立ちも離れず並びつつ見ん
kimi o ikade / komaka ni yueru / shigemeyui / tachi mo hararezu /
narabitsutsu min

譯註：此詩有題「戀十首」，為其中第4首。日文原詩中的「滋目結
ひ」（即「滋目結」或「繁目結」，しげめゆひ：shigemeyui），中
文稱作「絞纈染法」或「紮染」，將織物某部分紮起來染成白色花紋
的一種染法（亦即染色時部分結紮起來使之不能著色，以染出白色
花紋）。

223〔山家集：1504〕

　　我已將心
　　送入
　　深山久矣，
　　雖然此身仍
　　停留於塵世

☆山深く心はかねて送りてき身こそ憂き世を出やらねども

yama fukaku / kokoro wa kanete / okuriteki / mi koso ukiyo o / ide
yaranedomo

譯註：此詩與下一首詩有題「述懷十首」，為其中第2、5首。此首
所述為西行正式出家前之心情。

224 〔山家集：1507〕

即使被一座山
留住，我想保有
我漂泊的心，
讓它乘浮雲
懸於山之上

☆雲につきてうかれのみ行心をば山に懸けてを止めんとぞ思ふ

kumo ni tsukite / ukare nomi yuku / kokoro oba / yama ni kakete o /
tomen to zo omou

譯註：此詩以雲的「動」與山的「靜」，比喻行腳各地漂泊之旅以及
落腳於一聖地清靜修行。兩者皆西行所憧憬也。

225〔山家集：1513〕

本以為有
千歲長，
昔日年月
轉眼即逝
彷彿夢一場

☆はかなしな千歲思ひし昔をも夢の内にて過にける代は

hakanashi na / chitose omoishi / mukashi o mo / yume no uchi nite /

suginikeru yo wa

譯註：此處中譯225至229等首有題「無常十首」，為其中第1、3、
4、5、10首。

226〔山家集：1514〕

　　人生在世，易碎猶

　　如掛在頸間作

　　飾品的一串

　　蛛網上的

　　露珠……

☆細蟹の糸に貫く露の玉を懸けて飾れる世にこそありけれ

sasagani no / ito ni tsuranuku / tsuyunotama o / kakete kazareru / yo
ni koso arikere

譯註：日文「細蟹」（ささがに：sasagani），為蜘蛛的古名。

227〔山家集：1515〕

　　既然我堅信

　　現實非

　　現實——我要

　　怎麼承認

　　夢是夢……

☆現をも現とさらに思へねば夢をも夢と何か思はん

utsutsu o mo / utsutsu to sarani / omoeneba / yume o mo yume to /
nanika omowan

212

228〔山家集：1517〕

無力
撥亮
燈燭，
我身坐等
光熄……

☆灯火の掲げ力もなくなりてとまる光を待我身かな
tomoshibi no / kakage chikara mo / nakunarite / tomaru hikari o /
matsu wagami kana

譯註：平安時代日僧永觀（1033-1111）所撰《往生講式》有句「一
生是風前燭，萬事皆春夜夢」。

229〔山家集：1522〕

每回聽到
有人
死，再笨的
我也知道
世事無常……

☆世の中に亡くなる人を聞くたびに思ひは知るを愚かなる身に
yononaka ni / nakunaru hito o / kiku tabi ni / omoi wa shiru o /
orokanaru mi ni

230〔山家集：1542〕

　　　原野秋色，
　　　春日花色，
　　　皆讓我心
　　　得染
　　　悟道之色

☆野辺の色も春の匂ひもおしなべて心染めける悟りとぞなる
nobe no iro mo / haru no nioi mo / oshinabete / kokoro somekeru /
satori ni zo naru

譯註：此詩為一首「釋教詩」（解釋佛教教義之詩），有前書「楊梅
的春之美色，遍吉之功德也；紫蘭之秋色，普賢菩薩之真相也」。
楊梅，即山桃。紫蘭，即藤袴，花色近紫藤色，花瓣形如袴。遍吉
即普賢菩薩，漢傳佛教四大菩薩之一，是象徵理德、行德（行願普
遍吉祥）的菩薩。

231〔山家集：1543〕

深夜
沼澤上
一聲鶴啼，
驚起
千鳥齊鳴

☆沢の面に更けたる鶴の一声におどろかされて千鳥鳴くなり

sawa no omo ni / fuketaru tazu no / hitokoe ni / odorokasarete /
chidori nakunari

譯註：此詩以及下面兩首詩有題「雜十首」（《山家集》全書最後十
首詩），為其中第1、6、7首。日文「千鳥」（ちどり），中文名為
「鴴」之鳥，身體小，嘴短而直，鳴聲帶哀意。

232〔山家集：1548〕

　　環顧四周，

　　映入眼的是

　　山中樵夫的住所——

　　顏色褪落

　　在冬日靜原山村

☆山賤の住ぬと見ゆる辺かな冬に褪せゆく静原の里

yamagatsu no / suminu to miyuru / watari kana / fuyu ni aseyuku / shizuhara no sato

譯註：靜原，屬山城國，靜原川上游地區一帶的地名，位於大原與鞍馬之間（今京都市左京區）。在西行的詩裡，我們發現當他近山濱海、行腳各地時，他看到的不只是風景之美或奇，他也注意到那些身分卑微的平民、勞動者以及他們的生計。就像前面他四國‧中國之旅的詩作（第199至202首譯詩）中見到的，他對他們的生活很感興趣，也對他們有強烈的同情心。冬日山村屋色褪，頗有一種侘寂感在。

233〔山家集：1549〕

　　　山居的心，
　　　如果仍被幽暗的
　　　妄想所惑，
　　　就讓風的清音
　　　將之吹白吧

☆山里の心の夢に惑ひをれば吹白まかす風の音哉

yamazato no / kokoro no yume ni / madoioreba / fuki shiramakasu /

kaze no oto kana

聞書集・聞書殘集

234〔聞書集：15〕
　　深山中
　　心月清澄地
　　居於其間，
　　心鏡中你當
　　得悟四方之佛

☆深き山に心の月し澄みぬれば鏡に四方の悟りをぞ見る
fukaki yama ni / kokoro no tsuki shi / suminureba / kagami ni yomo
no / satori o zo miru

譯註：西行《聞書集》與《聞書殘集》此二歌集所收之作，除一首
外，皆未見於《山家集》中，推斷應為《山家集》之後西行歌作的
續集。此兩本小家集（《聞書集》收西行歌作263首、《聞書殘集》
32首），可能在其死前幾年或死後被抄寫成集，但過了七百多年
後，方於二十世紀上半葉被發現，擴大了吾人閱讀西行歌作的眼
界。《聞書集》開頭有解釋書名的一行字「我書我所聞」（聞きつけ
むに従ひて書くべし）。開卷之詩是題為「法華經廿八品歌」的一組
連作，由以《法華經》廿八品各品的章句或偈頌的一節為子題而作
的和歌共34首構成，本詩為其中第15首，有子題「安樂行品：深入
禪定，見十方佛」。日語原詩中「澄み」（清澄，sumi）與「住み」（居
住，sumi）同音，為雙關語。

235〔聞書集：18〕

　或立或行或坐，

　但願我心如

　草葉上的露珠

　搖之動之而始終

　不散溢於外

☆立居にもあゆく草葉の露ばかり心を外に散らさずもがな

tachii ni mo / ayuku kusaba no / tsuyu bakari / kokoro o hoka ni /

chirasazu mogana

譯註：此詩為「法華經廿八品歌」連作中的第18首，有子題「分別
品：若坐若立若經行處」。「經行」為佛教用語，指在一適當距離內
來回行走，為一種修行的方法。

236〔聞書集：31〕

　　此佛法之

　　心，有如樵夫

　　之斧——劈開

　　堅硬、難解之節

　　讓你得悟

☆この法の心は杣の斧なれやかたき悟りの節割られけり

kono nori no / kokoro wa soma no / ono nare ya / kataki satori no /

fushi wararekeri

譯註：此詩為「法華經廿八品歌」連作中的第31首，有子題「無量
義經：法華經之開經」。《無量義經》與《法華經》、《普賢經》合稱
「法華三部」。佛陀在開示演說《法華經》前，先講《無量義經》，
故《無量義經》是《法華經》的開經。日語「かたき」（kataki）兼
有「難き」（困難）與「堅き」（堅硬）之意，此處是「掛詞」（雙
關語）。

237〔聞書集：43〕

捨世棄世
難矣——
但我將棄離此世
因為佛的真道
即真理

☆捨てがたき思ひなれども捨てて出でむ真の道ぞ真なるべき
sutegataki / omoi naredomo / sutete idemu / makoto no michi zo /
makoto narubeki

譯註：此詩有前書「流轉三界中，恩愛不能斷，棄恩入無為，真實
報恩者」，為天台宗出家剃髮時所唱之偈。西行於1140年10月15日
出家。

238〔聞書集：50〕
　　來訪我吧，
　　我家庭院梅花
　　正盛開——
　　久違的人啊，正是
　　折梅好時機呢

☆尋め来かし梅盛りなる我宿を疎きも人は折にこそよれ
tomeko kashi / mume sakari naru / waga yado o / utoki mo hito wa /
ori ni koso yore

譯註：此詩有題「對梅待客」，意為看見梅花開，心裡等著訪客來。
此詩被選入《新古今和歌集》中。日語「折」（おり：ori），兼有「摘
折」和「時機」之意，是雙關語。

239〔聞書集：52〕
　　　不要只是等著，
　　　我要即刻入山
　　　尋花，如此
　　　野櫻花方知
　　　我對它們的深情！

☆待たでただ尋ねを入らむ山桜さてこそ花に思ひ知られめ
matade tada / tazune o iran / yamazakura / sate koso hana ni /
omoishirareme

譯註：此詩有題「漸欲尋花」。

240 〔聞書集：63〕

　　花色與
　　雪山的顏色
　　相似，
　　我要入吉野山
　　深處探

☆花の色の雪の深山に通へばや深き吉野の奥へ入らるる

hana no iro no / yuki no miyama ni / kayoeba ya / fukaki yoshino no /
oku e iraruru

譯註：此詩有題「尋花欲菩提」。雪山，即喜馬拉雅山，釋迦牟尼求
法、修行處。

241〔聞書集：67〕
　　　櫻樹枝上
　　　櫻花燦放如
　　　花火，升飄起
　　　煙一般的
　　　朝霞……

☆花の火をさくらの枝に焚き付けて煙になれる朝霞かな

hana no hi o / sakura no eda ni / takitsukete / keburi ni nareru /
asagasumi kana

譯註：此詩有題「霞似煙」。將燦開的櫻花比作煙火／焰火（「花
火」，はなび：hanabi）。

242〔聞書集：77〕

　　徹夜等候，

　　猜想布穀鳥應會

　　出現——拂曉天光

　　亮，仍未聞

　　布穀鳥叫！

☆待つはなほ頼みありけりほととぎす聞くともなしに明くる東
雲

matsu wa nao / tanomi arikeri / hototogisu / kiku to mo nashi ni /
akuru shinonome

譯註：此詩有題「郭公」，為十二首連作中之第五首。郭公（或「時
鳥」），即杜鵑鳥、布穀鳥。在日本短歌、俳句中，「郭公」是代表
夏天的鳥。此詩寫晚春、初夏之間，期待聽到第一聲布穀鳥鳴的渴
切心情。

243〔聞書集：94〕

若有人問
山村是否有
情趣，
我將回答他：
請來聽鹿的鳴聲！

☆山里はあはれなりやと人問はば鹿の鳴く音を聞けと答へむ
yamazato wa / aware nari ya to / hito towaba / shika no naku ne o /
kike to kotaen

244〔聞書集：98〕

整夜，顧影
自憐我益加
衰頹之身——
遠處月亮，不覺
已西沉⋯⋯

☆更けにける我身の影を思ふまに遥かに月の傾きにける
fukenikeru / wagami no kage o / omou ma ni / haruka ni tsuki no /
katabukinikeru

譯註：此詩有題「老人述懷」，被選入《新古今和歌集》中。

245〔聞書集：100〕
　　歲末，把撿來的
　　漂流木堆放
　　庭院中——
　　漂泊多時憶往事
　　啊，今非昔比

☆昔思ふ庭にうき木を積みおきて見し世にも似ぬ年の暮かな
mukashi omou / niwa ni ukigi o / tsumiokite / mishi ni mo aranu /
toshi no kure kana

譯註：此詩有題「故鄉歲暮」。日文原詩中「うき木」（「浮き木」，
　　うきぎ：ukigi），即浮木、漂流木，「うき」又與「憂き」（うき：
　　uki，憂愁）諧音。

246〔聞書集：132〕
　　年年
　　春花慰
　　我心——啊，
　　如是已歷
　　六十餘載！

☆春ごとの花に心をなぐさめて六十余りの年を経にける

harugoto no / hana ni kokoro o / nagusamete / musoji amari no / toshi
o henikeru

譯註：此詩有題「花歌十首」，為其中第五首。

247 〔聞書集：138〕

　　　但願能從

　　　谷底，越過

　　　被露水沾濕的

　　　巨岩，踩雲

　　　登上山頂！

☆いかでわれ谷の岩根の露けきに雲踏む山の峰に登らむ

ikade ware / tani no iwane no / tsuyukeki ni / kumo fumu yama no /

mine ni noboran

譯註：此詩有題「論三種菩提心之心」，為其一「勝義心」。「三種菩提心」，佛教用語，指證悟、成佛之心，包括行願菩提心、勝義菩提心、三摩地菩提心。「勝義菩提心」可解釋為「空性智慧」，瞭解一切法的實相是空性、無自性，亦即一切事物都沒有可以獨立自主、堅實存在的自性。也可說此菩提心的意義是無我，遠離一切形式、遠離主客二元，超越我們一切的思想概念。

248〔聞書集：141〕
　　雲遮覆了
　　二上山上空的
　　月——但
　　看啊，月光已
　　清澄地駐留我心

☆雲覆ふ二上山の月影は心に澄むや見るにはあるらむ
kumo oō / futakamiyama no / tsukikage wa / kokoro ni sumu ya /
miru ni aruran

譯註：此詩有題「論文」，為其一「八葉白蓮一肘間之心」。論文，
指「菩提心論」中的文句。西行此詩為詠「心月輪」之作。密教（流
傳日本後成為東密真言宗）最重要的觀想法是「阿字月輪觀」，其觀
法為「觀自心如月輪」。有四句偈「八葉白蓮一肘間，炳現阿字素光
色，禪智俱入金剛縛，召入如來寂靜智」。另有口訣接以「我見自心
形如月輪，由作此觀，照見本心湛然清淨，猶如滿月，光遍虛空，
無所分別」——可幫助吾人瞭解其大意。二上山，在大和國（今奈
良縣）。日語原詩中的「澄む」（sumu，清澄）與「住む」（sumu，
居住、駐留）為雙關語。

249 〔聞書集：155〕

被佛法所染，我心
層層推進，如同
隨時間變化顏色的
枝上之花，直向
樹顛，燦然綻放！

☆色染むる花の枝にも進まれて梢まで咲くわが心かな
iro somuru / hana no eda ni mo / susumarete / kozue made saku /
waga kokoro kana

譯註：此詩有題「增進佛道樂」，是組詩「十樂」中的第十首。十
樂，指西方極樂淨土中所受之十樂。源信法師《往生要集》裡所列
十樂為聖眾來迎樂、蓮花初開樂、身相神通樂、五妙境界樂、快樂
無退樂、引接結緣樂聖、眾俱會樂、見佛聞法樂、隨心供佛樂、增
進佛道樂。「增進佛道樂」意即「往生極樂淨土，則有自然增進佛道
之樂事」。

250 〔聞書集：165〕
　　髫髮的孩子們
　　嘻嘻哈哈
　　吹響著的麥笛聲，
　　把我從夏日
　　午睡中喚醒

☆うなゐ子がすさみに鳴らす麦笛の声におどろく夏の昼臥し
unaiko ga / susami ni narasu / mugibue no / koe ni odoroku / natsu no
hirubushi

譯註：此詩有前書「住在嵯峨時，和大家一起詠了一些戲歌」。「戲
歌」是指使用口語、俗語，書寫日常、俚俗題材的輕鬆、帶有幽默
感的歌作，略近於「狂歌」（きょうか：kyōka，一種帶諷刺、滑稽
味的和歌）。此處這些「戲歌」一般認為是西行第二次奧州之旅後，
1187、1188 年（七十、七十一歲）左右，在嵯峨（京都西部地區）
時所寫之作。西行以孩子們的遊戲與一個老僧的童年回想此二題
旨，交疊寫成由十三首詩構成的連作。此處中譯第 250 至 256 等首，
為十三首連作中的第 1、3、4、5、6、7、11 首。麥笛，用麥稈做的
笛子、哨子。日語原詩中的「うなゐ」，即「髫髮」（うない：
unai），古代小孩頭上紮起來的下垂頭髮。

251〔聞書集：167〕

　　我今老矣

　　唯拐杖是賴，

　　且當它是竹馬——

　　重回兒時

　　遊戲的記憶

☆竹馬を杖にも今日は頼むかな童遊びを思ひ出でつつ

takeuma o / tsue ni mo kyō wa / tanomu kana / warawa asobi o /
omoiidetsutsu

譯註：此詩中的「竹馬」，類似中文「青梅竹馬」中的「竹馬」，是
一種童玩，多以一根竹竿製成，跨於其上，充作馬騎。日本古昔孩
童們的「竹馬」（たけうま：takeuma），通常在有枝葉的竹竿上繫上
帶子做成——與後世以兩根竹竿構成一組高蹻、踏於其上行走的另
一種「竹馬」有異。

252〔聞書集：168〕
　　　我希望能成為
　　　昔日玩捉迷藏的
　　　小孩──蜷臥於
　　　草庵一角
　　　和世界捉迷藏

☆昔せし隠れ遊びになりなばや片隅もとに寄り臥せりつつ
mukashi seshi / kakure asobi ni / narinaba ya / katasumi moto ni / yori
fuseritsutsu

253〔聞書集：169〕

　　玩具細竹弓

　　在手，張開弦瞄準

　　麻雀：雖然只是個男童

　　已渴望額戴黑漆帽

　　像武士一樣

☆篠ためて雀弓張る男の童額烏帽子の欲しげなるかな

hino tamete / suzumeyumi haru / o no warawa / hitaieboshi no /
hoshige naru kana

譯註：日文原詩中的「篠」是細竹；「雀弓」（すずめゆみ：
suzumeyumi），又稱「雀小弓（すずめこゆみ：suzumekoyumi），是
遊戲用的小弓；「額烏帽子」（ひたいえぼし：hitaieboshi），為「烏
帽子」（ぼし：boshi，日本古時貴族、武士等戴的烏帽、黑漆帽）
之替代品，以三角形的黑絲綢或紙做成，讓兒童繫戴於額上，也是
護身用的魔法裝備，兼可用來繫頭髮。此詩中，晚年的西行回想起
童年時的自己（也就是佐藤義清），似乎可見他很早就嚮往武士生
活。

238

254 〔聞書集：173〕

> 夕暮時
> 山寺的鐘聲
> 和孩子們
> 唸經聲交響，
> 同樣動人……

☆入相の音のみならず山寺は文読む声もあはれなりけり

iriai no / oto nomi narazu / yamadera wa / fumi yomu koe mo /
awarenarikeri

譯註：暮色與晚鐘齊迤邐，醒示浮世無常之音與兒童們天真讀經聲
共響，頗簡單、當下又久遠、綿長之境。

255〔聞書集：174〕

　　　對她的愛意

　　　被她當作笑話

　　　丟在一邊，在那時——

　　　年幼的我

　　　天真的心……

☆恋しきを戯れられしそのかみのいはけなかりし折の心は

koishiki o / tawaburerareshi / sonokami no / iwakenakarishi / ori no

kokoro wa

譯註：少年時戀慕一女孩，被她揶揄地拒絕時的心痛，年老時回
想，或心猶戚戚，或苦中甜意仍在……看起來，西行似乎從小就是
一個多情種子。

256 〔聞書集：175〕
　　就像小孩玩
　　拋石子遊戲，石頭
　　轉眼落下——
　　月日也快速變易
　　接二連三而過

☆石なごの玉の落ち来るほどなさに過ぐる月日は変りやはする
ishinago no / tama no ochikuru / hodonasa ni / suguru tsukihi wa /
kawari ya wa suru

譯註：日語「石なご」（ishinago，又寫成「石な子」或「石子」），
是一種日本小孩玩的「拋石子」的遊戲，先撒出一些石子，然後將
一顆石子扔到空中，在它落地前將它和撒在地上的石子一起取走。

257〔聞書集：185〕

　　我想流淌於
　　櫻花的波濤中作為
　　今生的記憶──它們
　　如白雲擁簇於峰頂
　　瀑布般傾瀉而下

☆思ひ出でに花の波にも流ればや峰の白雲滝下すめり

omoiide ni / hana no nami ni mo / nagareba ya / mine no shirakumo /
taki kudasumeri

譯註：此詩與下兩首詩有題「詠花歌」，為十首中之第8、9、10首。

258〔聞書集：186〕

　　那裡也許有
　　永不凋的
　　花──我要
　　更深入吉野山
　　一探！

☆常磐なる花もやあると吉野山奥なく入りてなほ尋ね見む

tokiwa naru / hana mo ya aru to / yoshinoyama / oku naku irite / nao
tazune min

242

259〔聞書集：187〕
　　　吉野山，
　　　能透徹瞭解你的
　　　當是我啊──我已
　　　熟門熟路習慣
　　　入你深處尋花

☆吉野山奥をもわれぞ知りぬべき花ゆゑ深く入りならひつつ
yoshinoyama / oku o ware zo / shirinubeki / hana yue fukaku /
irinaraitsutsu

260〔聞書集：198〕

　　光看圖畫就

　　讓人痛苦，我心

　　不知何以對──

　　我若獲報應，墮此

　　境地會是何罪所致？

☆見るも憂しいかにかすべき我心かかる報いの罪やありける
miru mo ushi / ika ni ka subeki / waga kokoro / kakaru mukui no /
tsumi ya arikeru

譯註：此詩有題「觀地獄繪」。地獄繪，即地獄圖，描繪死者在地獄
受苦、受種種罪報之真相的畫。《聞書集》裡這組陳述觀地獄畫後的
內心震撼以及對罪的自我追問之連作，共有二十七首。此處中譯第
260至270等首，為其中第1、4、5、6、7、8、9、10、11、14、27
首。這組連作創作於「源平合戰」中源義仲（又名木曾義仲）在近
江戰死之年（1184）至平家在「壇之浦之戰」被殲滅之年（1185）
這段時間。西行大概由所見「地獄圖」諸場景聯想及動盪的亂世，
有所感而成此作。

261〔聞書集：201〕

以人之姿
從地獄重生世上
誠難得也，何以不知
吸取教訓，續又
犯罪，重墮地獄？

☆受け難き人の姿に浮かみ出でて懲りずや誰も又沈むべき
ukegataki / hito no sugata ni / ukamiide / korizu ya dare mo / mata shizumubeki

譯註：此處中譯第260、261首二詩，詠觀地獄圖後之感觸，可視為此組連作之序詩。

262〔聞書集：202〕

　　從前一見就
　　心喜的劍，在這裡
　　變成了劍樹的樹枝──
　　一個個身軀爬在上頭
　　被有鐵蒺藜的鞭子鞭笞

☆好み見し剣の枝に登れとて笞の菱を身に立つるかな
konomi mishi / tsurugi no eda ni / nobore tote / shimoto no hishi o /
mi ni tatsuru kana

譯註：此處中譯第262至269首諸詩，描述「地獄圖」中各地獄具體
景象。

246

263〔聞書集：203〕

　　手上長出如劍的
　　鐵爪，銳利
　　迅捷地伸向對方，
　　悲淒地撕裂開
　　彼此的身體……

☆鉄の爪の劍のはやきもて互に身をも屠るかなしさ

kurogane no / tsume no tsurugi no / hayakimote / katami ni mi o mo /
houru kanashisa

譯註：此詩所詠即日僧源信《往生要集》中所述之事——「因殺生
罪墮入『等活地獄』的罪人們，互懷害意，各自用鐵爪撕裂對
方……」。「等活地獄」，又稱更活地獄，為八大地獄（八熱地獄）
之第一，罪人們在此以鐵爪彼此摑裂擘割、破截而死，後還復活受
苦，不斷死而復生、生而復死地飽受煎熬。

264〔聞書集：204〕

> 重重的巨石，一重
>
> 一重堆疊達百尋
>
> 千尋高，全部的重量
>
> 合起來將他壓碎——啊
>
> 是犯何大罪，得此報應？

☆重き岩を百尋千尋重ねあげて砕くや何の報いなるらん

omoki iwa o / momohiro chihiro / kasane agete / kudakuya nani no /
mukui naruran

譯註：此詩所詠為「眾合地獄」（八大地獄之第三）之景。《往生要集》
說在此地獄中，獄卒將罪人置於石上，用巨石推他，壓碎其身體。
據《長阿含經》記載，此獄中有大石山，其山兩兩相對，罪人進入
其中，兩山自然相合，堆壓糜碎罪人身體骨肉，其後兩山復還原
處。又有大鐵象，舉身發火，蹴蹋罪人，使其身體糜碎，膿血流
出。又有獄卒捉罪人置磨石中，以磨磨之，或以大石壓之，其淒苦
難忍，欲求暫停而不可得。西行詩中問究竟是犯何大罪，得此報
應？《往生要集》中說是殺生、偷盜、邪淫等三罪。「尋」（ひろ：
hiro），長度的單位，指雙手張開的長度，一尋大約1.5到1.8米。

265 〔聞書集：205〕

死出山旁是

以罪人為材木的

伐木場──斧頭刀劍

鋸解、割裂他們的身體：

一段一段又一段……

☆罪人は死出の山辺の杣木かな斧の剣に身を割られつつ

tsumibito wa / shide no yamaba no / somagi kana / ono no tsurugi ni /

mi o wararetsutsu

譯註：此詩所詠為「黑繩地獄」（八大地獄之第二）──先以黑繩（即
墨繩，木工劃直線用的工具）稱量肢體，其後方予斬鋸，故名黑繩
地獄。據《長阿含經》記載，於此地獄中，「獄卒捉罪人撲熱鐵上，
以熱鐵繩縱橫劃之，隨繩痕或以斧截切，或以鋸解，或以刀屠，血
肉散亂百千段……」。死出山，人死後在冥途中所必經之山。

266〔聞書集：206〕
　　悲哉，
　　風將一個身體
　　吹切成許多
　　許多斷片，作為
　　火焰的燃料……

☆一つ身をあまたに風の吹き切りて焔になすも悲しかりけり
hitotsu mi o / amata ni kaze no / fukikirite / homuru ni nasu mo /
kanashikarikeri

267〔聞書集：207〕

　　舌頭被拔掉的

　　最獨特的痛苦

　　在於，悲矣──

　　你無法說出遭

　　此酷刑的感受

☆何よりは舌抜く苦こそ悲しけれ思ふことをも言はせじのはた

nani yori mo / shita nuku ku koso / kanashikere / omou koto o mo /
iwaseji no hata

譯註：此詩所詠為「大叫喚地獄」（八大地獄之第五）。《往生要集》
中有如是敘述──「在主要以妄語為入獄原因的『大叫喚地獄』中，
獄卒用熾熱的鐵鉗將罪人的舌頭拔出」。日文原詩最末之「はた」
（hata），應該是「はたもの」（hatamono，「磔刑」用的刑具）的略
稱。磔刑是舊時將罪人綁在柱子上刺死的刑罰。文獻中可以見到將
罪人綁於柱子上拔其舌的圖像。獄中罪人因痛苦不堪而大聲號叫，
遂有此地獄之名，但諷刺的是罪人們不斷地大叫喚、大吶喊，卻無
舌頭可以訴說自己的斷舌之痛！

268〔聞書集：208〕
　　非比尋常的
　　黑色火焰中之
　　煎熬——
　　應該是對暗夜
　　慾火的回報

☆なべてなき黑き焰の苦しみは夜の思ひの報いなるべし
nabetenaki / kuroki homura no / kurushimi wa / yoru no omoi no /
mukui narubeshi

譯註：此詩有題「在男女於黑色火焰中燃燒之地」，所詠應為「焦熱
地獄」（八大地獄之第六）。

269〔聞書集：211〕
　　可憐啊，我也跟畫中
　　罪人一樣忘記了
　　慈母乳房之恩——
　　那墜入地獄的痛苦
　　我感覺屬我所有

☆あはれみし乳房のことも忘れけり我悲しみの苦のみ覚えて
awaremishi / chibusa no koto mo / wasurekeri / waga kanashimi no /
ku nomi oboete

270〔聞書集：224〕

朝陽
鬆解
結冰苦，
拂曉空中
六環響……

☆朝日にや結ぶ氷の苦は解けむ六の輪を聞く暁の空

asahi ni ya / musubu kōri no / ku wa tokemu / mutsu no wa o kiku /
akatsuki no sora

譯註：此詩是「觀地獄圖」連作27首中的最後一首。詩中的「六の輪」(mutsu no wa，六輪、六環之意)，指地藏菩薩所持錫杖 (法杖) 頭部的「六環」，代表在地獄門打開後，地藏菩薩到訪，錫杖上「六環」振動的聲音在拂曉天空中響起。整組連作以一種救贖到來的預感結束——長久遭受的堅冰般的痛苦即將融解，地獄眾生將獲救度。地藏菩薩是釋迦佛滅後至彌勒佛現世前，在無佛時期救度世間眾生的菩薩，常拔地獄眾生之苦，發願「地獄未空，誓不成佛」，自平安時代中期以來，一直被日本人奉為救度地獄罪人、保護兒童的菩薩。

271〔聞書集：225〕

　　翻越死出山

　　行列

　　無間斷，亡者

　　接亡者

　　人數持續漲

☆死出の山越ゆる絶え間はあらじ亡しなくなる人の数続きつっ

shidenoyama / koyuru taema wa / araji kashi / nakunaru hito no / kazu

tsuzukitsutsu

譯註：此詩有前書「天下武者紛紛起，東西南北，無一處無戰爭，
戰死者人數之多聞之驚恐，難以置信。究為何事爭戰？思之令人
悲」。此一戰事即發生於治承、壽永年間的「源平合戰」（1180-
1185）。有一說認為此詩靈感來自《六道繪》中的「人道苦相圖」。
死出山，人死後在冥途中所必經之陰山。

272〔聞書集：226〕

　　太多死人

　　沉入，死出山川

　　水流滿漲，連

　　馬筏這活肉木筏

　　也潰散、無法渡！

☆沈むなる死出の山川漲りて馬筏もやかなはざるらん

shizumu naru / shidenoyamagawa / minagirite / mumaikada mo ya /
kanawazaruran

譯註：此詩有前書「武士們蜂擁而至，翻越死出山，山賊聞之喪
膽，不敢出沒，這樣一來世間就安全無虞了。宇治的軍隊聽說是憑
藉『馬筏』什麼的過河的，令人深思啊」。宇治的軍隊，指參與「宇
治川之戰」（1180年5月，平家軍以及以仁王、源賴政軍之間在宇治
川的戰役）的軍隊。馬筏，一種把馬匹成群結隊、並排連接如木筏
的過河的方法。死出山川，流經死出山的河川，死者冥途中必經之
河川。戰爭使人間迅速變成地獄，西行此詩也算是一幅地獄圖，詩
作前書與詩作本身一搭一唱，甚具諷刺效果。

273〔聞書集：240〕

　　啊吉野山，我將捨
　　去年折枝為記的
　　舊道，往未曾
　　到過的方向
　　尋訪櫻花！

☆吉野山去年の枝折の道かへてまだ見ぬかたの花を尋ねん

yoshinoyama / kozo no shiori no / michi kaete / mada minukata no /
hana o tazunen

譯註：西行一生詠櫻花之歌逾兩百五十首，或成組，或單首，題
目、情境繽紛多樣——待花之歌、詠花之歌、詠落花歌、花歌、即
興詠花歌、獨尋山花、夢中落花、風前落花、雨中落花、遠山殘
花、山路落花……等。二十九歲時他結草庵於吉野山，深入山中尋
看不同櫻花之美，此首花歌即為其一，亦被選入《新古今和歌集》
中。

274〔聞書殘集：2〕

　　春雨裡，櫻花如
　　雨夾雪般飄落，
　　彷彿看見
　　一片片消融又
　　堆積起來的雪……

☆春雨に花のみぞれの散りけるを消えで積れる雪と見たれば
harusame ni / hana no mizore no / chirikeru o / kiede tsumoreru / yuki
to mitareba

譯註：此詩有題「在奈良興福寺法雲院，雨中落花」。

275 〔聞書殘集：6〕

即使沒聽到叫聲，

讓我們把這裡變成

可以聞布穀鳥鳴處吧——

山田原

杉樹群立處

☆聞かずともここをせにせんほととぎす山田の原の杉の群立

kikazutomo / koko o se ni sen / hototogisu / yamada no hara no / sugi
no muradachi

譯註：此詩有題「郭公」（即杜鵑鳥、布穀鳥），被收入《新古今和
歌集》中。「山田の原」（山田原），伊勢國之歌枕，伊勢神宮外宮
所在地（在今三重縣伊勢市），這裡指其處的森林。此詩構想頗奇
特，和歌裡一般都描寫徹夜盡力聆聽布穀鳥鳴之景，西行這首詩卻
與眾不同，未聞其聲就已覺此為聽布穀鳥鳴佳地——雖猶等候布穀
鳥鳴，但無聲不輸有聲——自足自在自信，可說是全新的寫作方
式。「山田の原」雖是歌枕，西行之前已有兩歌人詠之，但將杉樹群
立、神宮森林所在的「山田原」與布穀鳥做連結，西行是第一人，
亦是此詩新鮮處之一。

246〔聞書集：132〕

年年
春花慰
我心──啊，
如是已歷
六十餘載！

☆春ごとの花に心をなぐさめて六十余りの年を経にける

harugoto no / hana ni kokoro o / nagusamete / musoji amari no / toshi
o henikeru

譯註：此詩有題「花歌十首」，為其中第五首。

247〔聞書集：138〕

　　但願能從

　　谷底，越過

　　被露水沾濕的

　　巨岩，踩雲

　　登上山頂！

☆いかでわれ谷の岩根の露けきに雲踏む山の峰に登らむ

ikade ware / tani no iwane no / tsuyukeki ni / kumo fumu yama no /
mine ni noboran

譯註：此詩有題「論三種菩提心之心」，為其一「勝義心」。「三種菩提心」，佛教用語，指證悟、成佛之心，包括行願菩提心、勝義菩提心、三摩地菩提心。「勝義菩提心」可解釋為「空性智慧」，瞭解一切法的實相是空性、無自性，亦即一切事物都沒有可以獨立自主、堅實存在的自性。也可說此菩提心的意義是無我，遠離一切形式、遠離主客二元，超越我們一切的思想概念。

270〔聞書集：224〕

朝陽

鬆解

結冰苦，

拂曉空中

六環響……

☆朝日にや結ぶ氷の苦は解けむ六の輪を聞く暁の空
asahi ni ya / musubu kōri no / ku wa tokemu / mutsu no wa o kiku /
akatsuki no sora

譯註：此詩是「觀地獄圖」連作27首中的最後一首。詩中的「六の
輪」(mutsu no wa，六輪、六環之意)，指地藏菩薩所持錫杖（法杖）
頭部的「六環」，代表在地獄門打開後，地藏菩薩到訪，錫杖上「六
環」振動的聲音在拂曉天空中響起。整組連作以一種救贖到來的預
感結束——長久遭受的堅冰般的痛苦即將融解，地獄眾生將獲救
度。地藏菩薩是釋迦佛滅後至彌勒佛現世前，在無佛時期救度世間
眾生的菩薩，常拔地獄眾生之苦，發願「地獄未空，誓不成佛」，自
平安時代中期以來，一直被日本人奉為救度地獄罪人、保護兒童的
菩薩。

271〔聞書集：225〕

翻越死出山

行列

無間斷，亡者

接亡者

人數持續漲

☆死出の山越ゆる絶え間はあらじ亡しなくなる人の数続きっっ

shidenoyama / koyuru taema wa / araji kashi / nakunaru hito no / kazu

tsuzukitsutsu

譯註：此詩有前書「天下武者紛紛起，東西南北，無一處無戰爭，
戰死者人數之多聞之驚恐，難以置信。究為何事爭戰？思之令人
悲」。此一戰事即發生於治承、壽永年間的「源平合戰」（1180-
1185）。有一說認為此詩靈感來自《六道繪》中的「人道苦相圖」。
死出山，人死後在冥途中所必經之陰山。

276〔聞書殘集：31〕

深夜
月光下，聞
蛙鳴——
水邊涼兮
池中浮草浮

☆小夜更けて月に蛙の声聞けば水際も涼し池の浮草

sayofukete / tsuki no kawazu no / koe kikeba / migiwa mo suzushi / ike no ukigusa

譯註：此詩有前書「忠盛在其八條邸宅泉邊，邀高野山僧侶們相聚，舉行佛像繪製與上供會，皎月下聞池中蛙鳴，乃作此詩」。忠盛，即平忠盛（1096-1153），讚岐守平正盛之子，西行友人、一代武將平清盛（1118-1181）之父。浮草，即浮萍。

御裳濯河歌合・宮河歌合

277 〔御裳濯河歌合：4〕

靈鷲山遠空中的
皎月，轉臨
月夜見宮天際，
以柔和之光
垂照神社森林

☆さやかなる鷲の高嶺の雲居より影和らぐる月読の杜
sayaka naru / washi no takane no / kumoi yori / kage yawaraguru /
tsukiyomi no mori

譯註：日文「歌合」（あわせ：awase），意指賽詩會、和歌競詠會，
是一種將歌人們分成左右兩方，輪流詠歌一首，請人評判的文學遊
戲。另有一種「自歌合」（じかあわせ：jikaawase），則是將自己所
作的和歌分為左右兩組，自己和自己比賽，請人或自己評判。1187
年，結束第二次奧州之旅從東北回來後，西行結庵於京都附近的嵯
峨，在忘年之交、年輕的「歌僧」慈圓（1155-1225）協助下，編集
成了《御裳濯河歌合》和《宮河歌合》這兩部「自歌合」（西行可能
在1180至1186年居留於伊勢期間即已進行編選之事）——每部從自
己多年來所作之歌中挑出七十二首、配成三十六對。西行請歌壇領
袖、大他四歲的藤原俊成評判前一部歌合，請俊成之子、小西行
四十四歲的歌壇新銳藤原定家（1162-1241）評判後一部。在《御裳
濯川歌合》中，西行一人分飾兩角，虛構「山家客人」為左方歌手、
「野徑亭主」為右方歌手，進行對抗，藤原俊成在1187年當年寫妥
此歌合之判詞，而藤原定家直至1189年才完成判詞。西行將這兩部
作品分別奉獻給伊勢神宮的內宮和外宮。此二歌合堪稱傑作，應是
現存最古老的「自歌合」，某些程度上可視為個性獨特的西行對主流

歌壇盛行的「歌合」此一詩歌型態的諧仿與反動。《御裳濯河歌合》名稱來自流經伊勢神宮前的「五十鈴川」——亦稱「御裳濯川」，據說因第十一代垂仁天皇第四皇女倭姬命，曾在此濯其裳裾而得名。發源於神路山的神路川與發源於島路山的島路川，兩川合流成五十鈴川。此處《御裳濯河歌合》中這第4首歌有題「在伊勢月夜見宮賞月」，亦被選入《新古今和歌集》中。月夜見宮，伊勢神宮外宮的別宮，是祭祀月神「月夜見」（即日文原詩中的「月読」：つきよみ）的神社。印度靈鷲山為釋迦牟尼說法之地，西行根據「本地垂跡」之說，將靈鷲山轉化、等同為伊勢神宮所在地的神路山。「本地垂跡說」是將佛教原來的佛、菩薩（「本地佛」），化身、等同為日本神道教諸神的一種理論，近於所謂的「神佛習合」（神道教和佛教的折衷調和）或「和光垂跡」、「和光同塵」（佛、菩薩隱其本來之威光，以神的身姿現於塵世）。譬如神道教月神「月夜見」，即為本地佛「阿彌陀如來」（即「阿彌陀佛」）的垂跡。和光同塵四字出自老子《道德經》中的「和其光，同其塵」（含斂其光，混同於塵世），西行原詩中的「影和らぐる」（かげやわらぐる：kage yawaraguru，柔和之光）即「和光」之日譯。

278〔御裳濯河歌合：9〕
　　此身若非被
　　花色
　　所染──豈能生
　　今日之
　　頓悟

☆思かへす悟りや今日はなからまし花に染めおく色なかりせば
omoikaesu / satori ya kyō wa / nakaramashi / hana ni someoku / iro
nakariseba

279〔御裳濯河歌合：11〕
　　我來此與
　　燦開的繁花
　　相逢，已歷
　　多少春了啊──
　　朵朵是我的記憶！

☆春を経て花の盛りに逢ひ来つつ思出で多き我身なりけり
haru o hete / hana no sakari ni / aikitsutsu / omoide ōki /
wagaminarikeri

280〔御裳濯河歌合：12〕

我對我這苦惱
漸老之身，感到
厭煩——但
一年一年看月，
依然動人啊

☆憂き身こそ厭ひながらも哀なれ月をながめて年の経にける
ukimi koso / itoinagara mo / aware nare / tsuki o nagamete / toshi o
henikeru

譯註：以此處譯的《御裳濯河歌合》第11、第12首這兩首詩為例，
它們是此「歌合」中登場的第六對歌作。第11首（左方）是「山家
客人」之作，第12首（右方）是「野徑亭主」之作，藤原俊成的評
判結果是「右勝」；他還寫了判詞——「左右兩歌，春花、秋月題材
雖異，詩心同也，但歲來歲往，年華如逝水，與其追憶之，何不如
當下看月，今判右方小勝」。

281〔御裳濯河歌合：14〕

　　來世，

　　讓月光依然

　　閃耀於我們心中——

　　我們在此世

　　從未看飽……

☆来む世には心のうちにあらはさむ飽かでやみぬる月の光を

konyo ni wa / kokoro no uchi ni / arawasan / akade yaminuru / tsuki
no hikari o

譯註：此詩歌讚真言宗「心月輪」（觀自心如月輪）觀法，謂即便在
死後（來世），心中依然有一輪滿月，圓滿清淨生輝（參閱本書第
248首譯詩）。此詩為《御裳濯河歌合》第14首歌，西行選為第13
首歌的是前面已譯的西行名作——「願在春日／花下／死，／二月
十五／月圓時」（願はくは花の下にて春死なむその二月の望月の
頃，見本書第20首譯詩）。此二首詩是本「歌合」中的第七對歌作，
第13首是左方，第14首是右方，藤原俊成的評判結果是「持」——
平手，不分勝負。他的判詞如下——「左詩，在花下；右詩，在來
世心中——皆被深深吸引。右詩以頗得當的一般歌體寫成。左詩，
祈願於春日死，非謹嚴、正統之體，但上、下句頗相稱，聞之甚曼
妙。對深入其道之輩，讀之全無問題，此和歌之藝達極致時方能成
之事也。兩詩姿相似，故以不相上下判之。」

282〔御裳濯河歌合：18〕
　　雨止天清
　　高嶺雲散，終
　　等到月出來──啊
　　它似乎也解人情，
　　初冬第一場陣雨！

☆月を待つ高嶺の雲は晴にけり心あるべき初時雨哉
tsuki o matsu / takane no kumo wa / harenikeri / kokoro arubeki /
hatsushigure kana

譯註：此詩被選入《新古今和歌集》中。

283〔御裳濯河歌合：26〕

　　高嶺上積雪

　　已融化，

　　雪水變春水

　　清瀧川

　　白波晃漾……

☆降りつみし高嶺のみ雪とけにけり清滝河の水の白波
furitsumishi / takane no miyuki / tokenikeri / kiyotakigawa no / mizu
no shiranami

譯註：清瀧川，發源於今京都市北區山中，在愛宕山南麓注入保津
川，為賞月與紅葉名勝。此詩有效地利用了有「清澈激流」之意的
歌枕「清瀧川」，詠歎早春美麗且活力蓬勃的大自然。被選入《新古
今和歌集》中。

284〔御裳濯河歌合：29〕

　　一隻布穀鳥

　　從黃鶯的

　　老巢中飛出，

　　它的音色

　　比靛藍還深！

☆鶯の古巣より立つ時鳥藍よりも濃き声の色かな

uguhisu no / furusu yori tatsu / hototogisu / ai yori mo koki / koe no
iro kana

譯註：此詩詠布穀鳥非常特別的「托卵寄生」（或稱「巢寄生」）情
景。「巢寄生」指將卵產在其他鳥的巢中，由其他鳥代為孵化和育
雛。西行此詩為其《聞書集》中之詩作（聞書集：78），與前面已譯
的「聞書殘集：6」（本書第275首譯詩）這首詩作，並為《御裳濯
河歌合》中第十五對登場的兩首與布穀鳥有關之歌，此詩是左方、
第29首，另一詩是右方、第30首。藤原俊成的評判結果是「右勝」，
他說——「依古來『歌合』賽詩之例，尋花不如看花，因此聞布穀
鳥鳴應勝於等待布穀鳥鳴，但此處我只以這些詩各自的優劣點比
較、評判之。雖然我覺得『比靛藍還深』一句非常讓人心動，但已
不時見人們用之，然而『山田原……』這樣的表達方式似乎是凡俗
所難及。故判右方勝。」自古以來，詩評、藝評一類之事，本來就
難免主觀，很少有絕對客觀的「審美之尺」清楚測量、判別優劣。
此處這首「鶯巢飛出布穀鳥」之詩其實相當新鮮，鳥的音色「比靛
藍還深」一句，聽覺（鳥鳴聲）與視覺（靛藍色）交融，的確亮眼、
亮耳動人。「比靛藍還深」這樣的用詞，如俊成所說，確然已有人用
過。但以「聲音」比之，當是前人未有，更何況西行巧妙、精準地

化用《荀子·勸學篇》「青取之於藍，而青於藍」（青出於藍而勝於藍）之典，告訴我們「初自鶯巢飛出的青嫩布穀鳥」其色勝於藍——這些可能就是大西行四歲的藤原俊成耳目所不及處。

285〔御裳濯河歌合：32〕

　　　五月雨——
　　　不見藍天暫露，
　　　聽到布穀鳥
　　　雲路中
　　　鳴叫而過

☆五月雨の晴間も見えぬ雲路より山時鳥鳴きて過ぐ也
samidare no / harema mo mienu / kumoji yori / yamahototogisu /
nakite sugunari

286〔御裳濯河歌合：33〕

要吹落
多少草葉上的
露珠啊──
宮城野上
秋風已起……

☆あはれいかに草葉の露のこぼるらん秋風立ちぬ宮木野の原
aware ika ni / kusaba no tsuyu no / koboruran / akikaze tachinu /
miyagino no hara

譯註：此詩被選入《新古今和歌集》中。日文原詩中的「宮木野」
即宮城野（今宮城縣仙台市一帶），為陸奧國「歌枕」，被認為是多
露水之地。可參閱《古今和歌集》中無名氏所作之詩──「侍從們，
務請／告訴你們的主公／把笠戴上，宮城野／樹林裡滴落的／露
珠，比雨還多！」（みさぶらひ御笠と申せ宮城野の木この下露は雨
にまされり）。

287〔御裳濯河歌合：40〕

　　見月，喚起
　　昔日我倆月下
　　盟約——今夜，
　　在故郷的她，是否
　　也淚濕衣袖？

☆月見ばと契おきてし古郷の人もや今宵袖濡すらん

tsuki miba to / chigiri okiteshi / furusato no / hito mo ya koyoi / sode
nurasuran

譯註：此詩被選入《新古今和歌集》中。

288〔御裳濯河歌合：41〕

　　秋深——
　　夜益寒，
　　蟋蟀的聲音
　　越變越弱
　　漸漸遠去……

☆蟋蟀夜寒に秋のなるままに弱るか声の遠ざかり行

kirigirisu / yosamu ni aki no / naru mama ni / yowaru ka koe no /
tōzakariyuku

譯註：此詩被選入《新古今和歌集》中。

289〔御裳濯河歌合：44〕

　　山川中，

　　失侶獨浮於

　　水波上的

　　鴛鴦的心境——

　　我明白

☆山川にひとりはなれて住む鴛の心知らるる波の上哉

yamagawa ni / hitori hanarete / sumu oshi no / kokoro shiraruru / nami no ue kana

譯註：山川（やまがわ），流經山中的河川。

290〔御裳濯河歌合：53〕

　　久候人

　　無影，入耳風聲

　　說夜深——

　　哀哀鳴雁過，

　　唯一問訊者

☆人は来で風のけしきは深ぬるに哀に雁の音信て行

hito wa kode / kaze no keshiki wa / fukenuru ni / aware ni kari no / otozurete yuku

譯註：此詩被選入《新古今和歌集》中。

291〔御裳濯河歌合：55〕

　　好像在說「悲歎吧！」
　　月亮如是引人
　　愁思乎？非也──
　　我故作慍色，難掩
　　心中戀，淚流滿面……

☆嘆けとて月やは物を思はするかこち顔なる我涙かな

nageke tote / tsuki ya wa mono o / omowasuru / kakochigao naru /
waga namida kana

譯註：此首被收錄於《千載和歌集》中的戀歌，後來也被選入藤原
定家編的《小倉百人一首》中。

292〔御裳濯河歌合：60〕

　　我將更
　　深入山中，不
　　折枝作路標，
　　尋找一個
　　不聞憂傷事之地

☆枝折りせで猶山深く分け入らむ憂きこと聞かぬ所ありやと

shiori sede / nao yama fukaku / wakeiran / uki koto kikanu / tokoro
ari ya to

譯註：此詩被選入《新古今和歌集》中。

293 〔御裳濯河歌合：71〕

　　我將深入

　　神路山，探索

　　其奧秘處，

　　層層而上，直迎

　　最高峰松風！

☆深く入て神路の奧を尋ぬれば又上も無き峰の松風

fukaku irite / kamiji no oku o / tazunureba / mata ue mo naki / mine
no matsukaze

譯註：神路山是位於伊勢神宮內宮南側的山脈，西行根據「本地垂
跡說」將其等同於印度的靈鷲山，深入神路山，也就是深入探索神
道／佛道（參見前面第277首譯詩譯註）。此詩被選入《千載和歌集》
中時，有前書「倦於高野山生活後，移住伊勢二見山寺時，聽聞大
神宮的山，其名為神路山。想到是大日如來垂跡（作為天照大神），
遂詠了此詩」。大日如來是釋迦牟尼佛的「法身」，釋迦牟尼佛是
「應身」（現身於世間度脫眾生的佛身）。

294〔御裳濯河歌合：72〕

　　　水波
　　　長流不息
　　　人世永治——
　　　御裳濯河岸
　　　神風涼兮

☆流絶えぬ波にやせをば治むらん神風涼し御裳濯の岸

nagare taenu / nami ni ya yo oba / osamuran / kamikaze suzushi / mimosuso no kishi

譯註：此首與上一首為《御裳濯河歌合》中最後一對歌作，藤原俊成的評判結果是「持」——不分勝負！此部《御裳濯河歌合》以有關神路山的一對歌（第一對）始，以有關神路山與御裳濯河的第三十六對歌終，因為此歌合以奉獻給伊勢神宮作為前提。

295〔宮河歌合：17〕

> 想到世間
>
> 一切都將
>
> 如花紛紛散，啊
>
> 究有何處
>
> 能安我身？

☆世の中を思へばなべて散花の我身をさてもいづちかもせん

yononaka o / omoeba nabete / chiru hana no / wagami o satemo /
izuchi kamo sen

譯註：西行《宮河歌合》是獻給伊勢神宮外宮之作，其名稱來自流
經外宮附近的河川「宮河」。此部「自歌合」中，西行假託「玉津島
海人」為左方歌手，「三輪山老翁」為右方歌手。西行一定非常欣賞
藤原定家的詩歌天賦，對他寄以厚望，才會在1187年時指定年方
二十六歲的這位小夥子擔任此部歌合評判。定家可能因突然受西行
這位令他敬畏的七十歲歌壇大咖之命負此重任，內心頗有壓力，以
致花了兩年多時間才寫成判詞。此處這首歌作是《宮河歌合》中第
九對登場的兩詩中，左方歌手之作。藤原定家讀後判詞如下——
「左歌『想到世間一切……』」一直到全詩末，一句接一句顯現出作者
一思再思、深深苦惱之心，故判此歌勝」。1189年時，臥病弘川寺
的西行在讀了（可能仍未定稿的）定家判詞後，心中大喜，寫了一
封書簡〈贈定家卿文〉給定家，特別提及定家此處判詞——「你評
拙作第九對之左歌時，說其顯現出作者『深深苦惱』之心，這真是
一件有意思之事……你用了詩歌評論的新詞彙……下次見面時，當
一一與你討論這些事，聽取你意見」。翌年2月16日，西行即病逝。
此處這首詩被選入《新古今和歌集》中。

296〔宮河歌合：27〕

> 我身若未出家
> 離開京城，
> 豈能得此
> 月色
> 深染我心？

☆月の色に心を深く染めましや宮こを出ぬ我身なりせば

tsuki no iro ni / kokoro o fukaku / somemashi ya / miyako o idenu /
wagami nariseba

譯註：此詩被選入《新古今和歌集》中。

297〔宮河歌合：32〕

　　如果我棄離

　　塵世，必須有

　　厭惡它之證據——

　　為我遮暗自己吧，

　　秋夜之月！

☆捨つとならば憂き世を厭ふしるしあらんわれ見ば曇れ秋の夜
の月

sutsu to naraba / ukiyo o itou / shirushi aran / ware mi wa kumore /
aki no yo no tsuki

譯註：此詩被選入《新古今和歌集》中。

298〔宮河歌合：51〕

即便最
無感之人，
第一陣秋風
起兮，
也不勝唏噓……

☆おしなべて物を思はぬ人にさへ心をつくる秋の初風

oshinabete / mono o omowanu / hito ni sae / kokoro o tsukuru /
akinohatsukaze

譯註：此詩被選入《新古今和歌集》中。

299〔宮河歌合：52〕

　　誰住在此
　　山村裡，
　　把激降的雨中
　　夕暮天空的淒美
　　據為己有？

☆誰住みて哀知るらむ山里の雨降りすさむ夕暮の空

tare sumite / aware shiruran / yamazato no / ame furisusabu / yūgure
no sora

譯註：此詩與上一首詩是《宮河歌合》中第51、52首歌作，也是第
二十六對登場「自我較量」的西行歌作。藤原定家的評判結果是
「持」，不分勝負。他的判詞如下——「左邊秋風，右邊雨，讓我心
時而為此、時而為彼亂，再難分得清。相持難下，故判平手」。

283

300〔宮河歌合：69〕

何以無
憐我之人
來我草庵
一訪──獨遺我
聽風吹荻草悲思

☆あはれとて訪ふ人のなどなかるらん物思ふ宿の荻の上風

aware tote / tou hito no nado / nakaruran / mono omou yado no / oginouwakaze

譯註：此詩被選入《新古今和歌集》中。

284

拾
遺

301〔六家集版本山家和歌集拾遺：10〕

　　獨寢，半夜

　　自草蓆上

　　冷醒──

　　蟋蟀鳴聲

　　催我淚……

☆ひとり寝の寝覚めの床のさ筵に涙催すきりぎりす哉

hitorine no / nezame no toko no / samushiro ni / namida moyōsu /

kirigirisu kanaa

譯註：此詩有題「詠蟲鳴」。

302〔松屋本山家集拾遺：49〕

　　我住在

　　無人來訪的

　　深山──啊，

　　聽，數不清的

　　一大群猴子的聲音！

☆深き山は人も問ひ来ぬすまひなるに夥しきは群猿の声

fukaki yama wa / hito mo toikonu / sumai naru ni / obitadashiki wa /

mura zaru no koe

303〔西行法師家集拾遺：1〕

　　牢固於

　　岩縫中的冰

　　今晨開始融化了——

　　苔下的水，正接力

　　找出一條小通道……

☆岩間とぢし氷も今朝はとけそめて苔の下水道もとむ也

iwama tojishi / kōri mo kesa wa / tokesomete / koke no shitamizu /
michi motomu nari

譯註：此詩為西行的力作、名作，被選入《新古今和歌集》中。

304〔西行法師家集拾遺：8〕

　　吉野山

　　櫻樹枝上，雪

　　散落如

　　花——今年櫻花

　　可能要遲開了

☆吉野山桜か枝に雪散て花お遅げなる年にも有かな

yoshinoyama / sakura ga eda ni / yuki chirite / hana osogenaru / toshi
ni mo aru kana

譯註：此詩被選入《新古今和歌集》中。

305〔西行法師家集拾遺：12〕

　　我要先折

　　一枝初開的

　　櫻花，作為對

　　昔日與我斷情的

　　那人的紀念

☆咲き初むる花を一枝先折て昔の人の為と思はむ

sakisomuru / hana o hito eda / mazu orite / mukashi no hito no / tame
to omowan

306〔西行法師家集拾遺：58〕

　　秋夜的月啊，

　　你讓我隨世間憂慮

　　徘徊踟躕的

　　這顆心

　　定了下來

☆世の憂さに一方ならずうかれ行心定めよ秋の夜の月

yo no usa ni / hitokata narazu / ukareyuku / kokoro todomeyo / aki no
yo no tsuki

307 〔西行法師家集拾遺：85〕

富士山的煙
隨風消失
於空中：一如
我的心思，上下
四方，不知所終……

☆風に靡く富士の煙の空に消えて行方も知らぬ我思哉
kaze ni nabiku / fuji no keburi no / sora ni kiete / yukue mo shiranu /
waga omoi kana

譯註：西行六十九歲（1186）時，為了東大寺重建勸募「砂金」（作
為經費）之事，而有了生命中第二次奧州之旅，此詩為其於關東途
中所詠。收錄於《新古今和歌集》中時有前書「於關東地區修行時，
見富士山而成之作」。修行即指為東大寺重建「砂金勸進」一事。此
首歌頌「空」之作，是晚年西行自在、自信、自歎之歌，許多人認
為是西行一生中最高傑作之一。人的心思與空中煙風，現實與夢，
真與幻……是否一樣不確定，一樣空？

308〔西行法師家集拾遺：105〕

　　這是我昔日
　　住過的
　　家嗎？成叢
　　艾草上露珠閃閃
　　裡面住著月光

☆これや見し昔住みけむ宿ならむ蓬が露に月の宿れる

kore ya mishi / mukashi sumiken / yado naran / yomogi ga tsuyu ni /
tsuki no yadoreru

譯註：此詩被選入《新古今和歌集》中。

309〔西行法師家集拾遺：113〕

　　年邁之身

　　幾曾夢想能

　　再行此山路？

　　誠我命也，

　　越佐夜中山

☆年たけて又越ゆべしと思きや命成けり佐夜の中山

toshi takete / mata koyubeshi to / omoiki ya / inochi narikeri / sayo no
nakayama

譯註：被選入《新古今和歌集》的此詩，亦為西行六十九歲第二次
奧州之旅中所詠，為出發往關東，再越佐夜中山時之作。「佐夜の中
山」（佐夜中山，又稱小夜中山），遠江國（今靜岡縣西部）歌枕，
在今靜岡縣掛川市附近，曩昔從京都入關東三大險處之一。老邁的
西行在行路難的昔日做此危險之旅，定抱著必死之心。如夢般能安
然過關，真是苦命（跋涉）中的好命。同為行吟詩人，一生浪跡各
地、以西行法師為師的俳聖芭蕉，1676年夏過佐夜中山時寫了下面
此首俳句「命也──僅餘／斗笠下／一小塊蔭涼」（命なりわづかの
笠の下涼み），呼應西行。

310〔西行法師家集拾遺：126〕

願得棄厭塵世
一友人
在此山村
共悔荒廢於
俗世的舊時光

☆山里に憂き世いとはん友もがなくやしく過し昔語らむ

yamazato ni / ukiyo itowan / tomo mogana / kuyashiku sugishi /
mukashi kataran

譯註：此詩被選入《新古今和歌集》中。

311〔西行法師家集拾遺：133〕

何處可以
永住？啊，
無處得之——
這草庵般浮世
就是我們暫住處

☆いづくにも住まれずはただ住まであらん柴の庵のしばしなる
世に

izuku ni mo / sumarezu wa tada / sumade aran / shibanoiori no /
shibashi naru yo ni

譯註：此詩被選入《新古今和歌集》中。

312 〔西行法師家集拾遺：137〕

　　棄世之人

　　生機真

　　見棄乎？

　　不棄之人，

　　方自絕自棄！

☆世を捨つる人はまことに捨つるかは捨てぬ人こそ捨つるなり
けれ

yo o sutsuru / hito wa makoto ni / sutsuru kawa / sutenu hito koso /
sutsuru narikere

譯註：此詩意謂「棄世出家之人，並沒有被自己或被別人拋棄，反
而生機在焉；唯有不知捨棄之人，才真的會被棄，自絕生機」，為
西行出家前所作之歌，後以「無名氏」之名被選入崇德上皇敕撰的
《詞花和歌集》（成於1151年）中。日本NHK電視台2012年大河劇《平
清盛》中，當時名為佐藤義清（劇中稱其為「京城第一武士」）的
二十三歲的西行，在花瓣紛紛落的夜中，拔刀斷己髮，向其「北面
武士」同僚平清盛吟誦此歌，捨世而去。此詩日文原作，31音節中
包含四個「捨」字，在短歌史上亦奇例也。

313〔撰集・家集・古筆斷簡・懷紙拾遺：1〕

　　路邊柳蔭下
　　清水潺潺，小歇
　　片刻——
　　不知覺間
　　久佇了

☆道の辺に清水流るる柳陰しばしとてこそ立ちとまりつれ

michi nobe ni / shimizu nagaruru / yanagi kage / shibashi tote koso /
tachitomaritsure

譯註：此詩被選入《新古今和歌集》中。西行二十三歲出家，1147
年（三十歲）春天開始其第一次奧州之旅，10月抵平泉，翌年3月
繞至出羽國。西行一生此種「在路上」體驗自然與人生諸般情景，
興而歌詠、紀遊的行吟詩人身影，對包括芭蕉在內的東、西方世界
後來寫作者啟發甚大。芭蕉《奧之細道》「殺生石・遊行柳」一章中
有文謂「彼『清水潺潺』之柳依然存留於蘆野村田畔，此地郡守戶
部某，屢勸余觀此柳，然不知在何處，今終至其柳蔭下矣」——此
「清水潺潺」之柳即來自西行本首短歌。芭蕉當日也寫了一首俳句
「一整片稻田／他們插完秧，柳蔭下／我依依離去」（田一枚植ゑて
立ち去る柳かな），呼應西行早他四、五百年的「奧州之旅」中所寫
柳影。與謝蕪村1743年於奧州旅行時，也踵繼兩位前輩詩跡，訪
「遊行柳」寫了底下俳句「柳絲散落，／清水涸——／岩石處處」（柳
散清水涸石処々）。當年的柳蔭柳影與潺潺清水，在蕪村詩中已成
枯柳、乾水，彷彿喟歎巨匠西行、芭蕉所在的詩歌的偉大時代已不
復見。

314〔撰集・家集・古筆斷簡・懷紙拾遺：4〕
我想
遙遙索居
於山岩之間
耽溺於愛的思念
而不必怕世人眼光

☆遥かなる岩の狭間に一人ゐて人目思はではで物思はばや
haruka naru / iwa no hazama ni / hitori ite / hitome omowade / mono owawabaya
譯註：此詩被選入《新古今和歌集》中。

315〔撰集・家集・古筆斷簡・懷紙拾遺：6〕
有人神遊深山
自以為胸有
丘壑——但若非
親身住在這裡，豈能
真知其中情趣？

☆山深くさこそ心は通ふとも住まであはれを知らんものかは
yama fukaku / sakoso kokoro wa / kayou tomo / sumade aware o / shiran mono kawa
譯註：此詩被選入《新古今和歌集》中。

296

316〔撰集・家集・古筆斷簡・懷紙拾遺：8〕

我送我的心
隨同月行入
山中──月沒後
留在黑暗中的
我身該如何？

☆月のゆく山に心を送り入れて闇なるあとの身をいかにせん
tsuki no yuku / yama ni kokoro o / okuri irete / yaminaru ato no / mi o
ikani sen

譯註：「月行入山中」──暗示抵西方淨土所在的西山。

297

317〔撰集・家集・古筆斷簡・懷紙拾遺：9〕

「末世紛亂，

唯有歌道

不變！」──若非

夢中聞此言，會

以為此事與己無關

☆末の世もこのなさけのみ変らずと見し夢なくはよそに聞かまし

suenoyo mo / kono nasake nomi / kawarazu to / mishi yume nakuba /
yoso ni kikamashi

譯註：此詩有前書「寂蓮法師勸眾人詠百首歌，我婉拒之。去熊野
神社參拜路上，做一夢，夢見別當湛快對三位俊成說『如今萬事衰
敗，唯有詩歌之道雖逢末世依然不變，當與詠此百歌』。驚醒後，
寫成此詩」。別當湛快（1099-1174），平安時代後期負責熊野三山神
社社務的社僧。三位俊成，即藤原俊成，三位為其官職位階。此詩
被選入《新古今和歌集》中。

298

318〔撰集・家集・古筆斷簡・懷紙拾遺：18〕

　　捨不得的

　　人世，真讓人

　　不捨嗎？

　　唯捨此身離世，

　　方能救此身！

☆惜しむとて惜しまれぬべきこの世かは身を捨ててこそ身をも
助けめ

oshimu tote / oshimarenubeki / konoyo kawa / mi o sutete koso / mi o
mo tasukeme

譯註：此詩有前書「向鳥羽上皇呈報我出家之願」。西行本為鳥羽上
　　皇鳥羽院的「北面武士」，於二十三歲那年（1140年）的十月十五
　　日出家。此詩可見其捨世修行之決心。

319〔撰集・家集・古筆斷簡・懷紙拾遺：46〕
　　銀河的水
　　如雨般
　　流下，水滴
　　被蛛絲接住
　　張成珍珠之網

☆天の川流れて下る雨を受けて玉の網張るささがにの糸
amanokawa / nagarete kudaru / ame o ukete / tama no ami haru /
sasagani no ito

譯註：此詩想像力頗豐富，將銀河和蜘蛛網連結在一起，非常綺
麗、動人。銀河的水——流下來，化為點點星光織成的珍珠蛛絲
網……

320 〔撰集・家集・古筆斷簡・懷紙拾遺：60〕
　　琵琶湖，晨光中
　　風平浪靜，放眼望去
　　不見划行過的船隻
　　之影，竟連
　　水波的痕跡都沒留下

☆にほてるや凪ぎたる朝に見渡せば漕ぎ行く跡の浪だにもなし
nihoteruya / nagitaru asa ni / miwataseba / kogi yuku ato no / nami
dani mo nashi

譯註：此首西行短歌收於鎌倉時代初期天台宗比叡山延曆寺住持、
歌人慈圓的私家集（個人歌集）《拾玉集》中，有前書「圓位上人登
無動寺，自大乘院外屋眺望琵琶湖」，此歌後並有慈圓答歌。圓位
為西行之法名；延曆寺無動寺谷一帶是慈圓的主要活動場所，大乘
院為其住房。慈圓小西行三十七歲，兩人是忘年交，《新古今和歌
集》收其歌作92首，僅次於西行。日文原詩開頭之「にほてるや」
（鳰照るや，音nihoteruya），本為修飾志賀、矢橋等琵琶湖畔地名之
特定「枕詞」，此處用以代稱琵琶湖。琵琶湖有「近江の海」（おう
みのうみ：ōminoumi）、「鳰の海」（にほのうみ：nihonoumi）等別
稱，「鳰照る」或指琵琶湖水面月光或日光照映貌。此詩寫於1189
年，西行辭世前半年之作，殆為其生涯最後一首歌。西行自山上遠
眺琵琶湖，入眼的如鏡般平靜無痕的湖面，正是逐漸參透波折人生
的他最晚年清澄心境的映現。詩中沒有見到的「划行過的船隻之
影」，指的應是八世紀、最古老和歌集《萬葉集》卷三，沙彌滿誓所
寫那首短歌中的「無常之舟」──「啊，我該把此世／比作什麼？
／它像一條船，／清早起航，離港／一去無蹤跡……」（世の中を何

301

に譬へむ朝開き漕ぎ去にし船の跡なきごとし）。《拾玉集》中，慈圓答西行之歌如下——「遠眺朦朧／晨光中琵琶湖——／心也向著那不留絲毫／船過後水痕的／平靜湖面」（ほのぼのと近江の浦を漕ぐ舟の跡なき方に行く心かな）。西行輕舟浮生西行，1190年陰曆2月16日春日花下月圓時入滅圓寂。

陳黎、張芬齡中譯和歌俳句書目

《亂髮：短歌三百首》。台灣印刻出版公司，2014。

《胭脂用盡時，桃花就開了：與謝野晶子短歌集》。湖南文藝出版社，2018。

《一茶三百句：小林一茶經典俳句選》。台灣商務印書館，2018。

《這世界如露水般短暫：小林一茶俳句300》。北京聯合出版公司，2019。

《但願呼我的名為旅人：松尾芭蕉俳句300》。北京聯合出版公司，2019。

《夕顏：日本短歌400》。北京聯合出版公司，2019。

《春之海終日悠哉游哉：與謝蕪村俳句300》。北京聯合出版公司，2019。

《古今和歌集300》。北京聯合出版公司，2020。

《芭蕉‧蕪村‧一茶：俳句三聖新譯300》。北京聯合出版公司，2020。

《牽牛花浮世無籬笆：千代尼俳句250》。北京聯合出版公司，2020。

《巨大的謎：特朗斯特羅姆短詩俳句集》。北京聯合出版公司，2020。

《我去你留兩秋天：正岡子規俳句400》。北京聯合出版公司，2021。

《天上大風：良寬俳句‧和歌‧漢詩400》。北京聯合出版公司，2021。

《萬葉集365》。北京聯合出版公司，2022。

《微物的情歌：塔布拉答俳句與圖象詩集》。台灣黑體文化，2022。

《萬葉集：369首日本國民心靈的不朽和歌》。台灣黑體文化，2023。

《古今和歌集：300首四季與愛戀交織的唯美和歌》。台灣黑體文化，2023。

《變成一個小孩吧：小林一茶俳句365首》。陝西師大出版社，2023。

《致光之君：日本六女歌仙短歌300首》。台灣黑體文化，2024。

《願在春日花下死：西行短歌300首》。台灣黑體文化，2024。

國家圖書館出版品預行編目(CIP)資料

願在春日花下死：西行短歌300首／西行著；陳黎，張芬齡譯. -- 初版. -- [新北市]：黑體文化出版：遠足文化事業股份有限公司發行,2024.05
　面；　公分. -- (白盒子；8)
ISBN 978-626-7263-87-7(平裝)

861.51
113005311

黑體文化

讀者回函

白盒子8

願在春日花下死：西行短歌300首

作者‧西行｜譯者‧陳黎、張芬齡｜責任編輯‧張智琦｜封面設計‧許晉維｜出版‧黑體文化／左岸文化事業有限公司｜總編輯‧龍傑娣｜發行‧遠足文化事業股份有限公司（讀書共和國出版集團）｜電話：02-2218-1417｜傳真‧02-2218-8057｜客服專線‧0800-221-029｜讀書共和國客服信箱 service@bookrep.com.tw｜官方網站‧http://www.bookrep.com.tw｜法律顧問‧華洋法律事務所‧蘇文生律師｜印刷‧中原造像股份有限公司｜排版‧菩薩蠻數位文化有限公司｜初版‧2024年5月｜定價‧350元｜ISBN‧9786267263877｜EISBN‧9786267263853（PDF）｜EISBN‧9786267263860（EPUB）｜書號‧2WWB0008